JN085556

象牛

石井遊佳

新潮社

目次

装画　加藤正臣
装幀　新潮社装幀室

象牛

象牛

象牛

象牛は、通称である。象でも牛でもない。合いの子でもない。象のような鼻に、牛のような体つきと間のびした顔という、とりわけ目立つ特徴に対して名を与えただけと思われる。

背後から忍び寄るしなやかな足取りは猫そのものだし、鍵穴じみた眼は山羊そっくり、四肢はピッパラ樹の切り株、尻尾は竜王(シェーシャ)さながらだ。

だが必ずしもその限りでなく、でまかせに輪郭をこねては形をぬぐ。たぐいまれな模倣の能力があり、たくみに人声をまねる。また谺を作りだすことができるので、ひと晩じゅう、数百の犬の慟哭(どうこく)めいた歯ぎしりをおびきだして人々を眠らせない。


象牛に関する学術的記述は寡聞にして知らない。手近な動物図鑑類にもいっさい見出されず、旅行ガイド等でこれに言及したものもないようだ。

本当のところあれは何なのかとこの国の人に訊いても分からない。私の留学時、下宿先の主人は象と牛に似ているから象牛だろう、他に何がある？　と何の疑問も感じぬ様子であったが、野菜売りの若者に訊けば、いやあれはヒマーラヤ牛だ、金物屋の婆さんは何言ってんの？　カシュミール象にきまってるでしょ云々と皆てんでんばらばら、その場の思いつきを好き勝手に断言する。二月末から三月ごろ、暑熱の始まる間際に起こる、激しい雷を伴う数日間の暴風雨の別名と力説する者もいた。知らない、分からないとなかなか言わないのはこの国の人々の習性だが、そもそも、街中至る所で見かけるそれが、象牛と呼ばれることを知る者すら少ない。

註：しかしながら、しばしば象牛の存在に全く気付かぬかのごとき者さえいるのは奇妙である。例えば、象牛を指して誰かに、あれは何だ？　と訊ねると、私の指さす先をさっと見て、あれとは何だ？　と訊き返す。何度も、ほらあれ、あそこのサイクルリキシャーの陰で寝ているあれ、とか、あそこで山羊とキャベツの葉を奪いあってるあれとか言っても、あれはサイクルリキシャーだ、あれは山羊だ、などと全く要領を得ない。象牛がいても見えていない振りをしなければならぬ一群の人々の存在、あるいは象牛に関する一種の禁忌に類するものの存在も推測される。

（片桐徹『愛のインド思想――「カーマ・スートラ」からタントラ文献まで』
アジア書院　pp.256-257）

象牛は存外人間社会に溶け込んでおり、人々の役に立つ一面も垣間見せる。
チャーエ屋の店先で腰かけがわりにされている象牛は頻繁に見かける。白い長衣の痩せた老人の尻の下に、ティーポット形の象牛の胴体が見える。そこはゴードーリヤー交差点手前のイスラム教徒（ムスリム）地区で、白いムスリム帽をかぶった老人が、隣の同じくムスリムらしい老人と延々と無表情に話し込んでいた。隣で牝牛が太陽に向かって歯を剝く。水の淀んだ排水溝から仔犬がぞろぞろ出てきて、母犬の乳首を争い首を伸ばし合っては乳を吸う。この国の一月の昼は、川遊びの水から不意に浮かびあがった瞬間に似ていて、太陽にむけた顔だけ焦げるように熱く、腰から下は痺れるような冷たい水の中を行くようだ。老人たちはサモーサーや揚げ物（パコーラー）を摘まみあげ、バナナの葉っぱでできた容器の中の赤いソースをつけながら、時おり往来に濁った目を向け、突進するオートリキシャーや車やオートバイ、その間を右往左往する人と自転車とサイクルリキシャー、牛と水牛と山羊と犬と象牛をぼんやり眺める。有鉛ガソリンを燃やすポンコツエンジンが吐きだす大量の排気ガス、巻き上がる土煙と騒々しいクラクションの中、ほとんどの客は立ったまま喋り飲み食いする。先刻から老人の尻の下で小一時間ほど辛抱していた象牛は、老人が立ち去る際に揚げ物の切れ端を投げてもらっていた。

註①：その他、蹄で巧みにじゃがいもをつぶしたりチャーエを煮立てたりサモーサーの揚げ油を濾す象牛、また雑貨店の店先で米や豆類をふるいにかけゴミや虫を取り除く作業をしている老婆を手伝う象牛など、勤勉で実直な象牛は至る所で目に入る。あるいはお年寄りを背負って階段を上る象牛、太った客を乗せたサイクルリキシャーを助けて坂道で後方から押してやる象牛など、人助けに励む象牛も枚挙に暇がない。

　註②：この国で冬の子供の遊びと言えば凧であるが、象牛凧も人気だ。死んだ象牛は生焼けのチャパーティーのように平べったくなり、凧にうってつけである。象牛の骸はリキシャー溜まりや水牛小屋の脇、建物と建物の隙間などに吹き溜まっており、子供たちがそこでなるべく色と形のいいのを選んで拾っているのをよく見かける。象牛のちょうど鼻に当たる部分に糸を通し、下端に紙の足をつけ使用するらしい。

（片桐前掲書　pp.377-378）

　以上、私の担当教官である片桐（かたぎり）徹（とおる）准教授による学位請求論文からの引用である。論文としては破格なまでに具体的描写に紙幅がさかれ、とりわけ学生時代の留学先であるヴァーラーナシーの街の情景を生彩溢れる筆致で描いた点に関し、「この論文の学術的内容と見事に一体となり、手練れのオーケストラ演奏による調和的音律を聴く思いがする」と評したのは、当インド学研究室主任教授であった中谷（なかたに）先生である。ヴァーラーナシーにおける象牛の諸態を描いた先の引用は、同論文の本筋とはあまり関係なく、おおむね参考部分や註などでの言及であることを念のためお断りしておく。以下、同准教授の著作より引用を続ける。

　象牛は人をからかうのが大好きだ。大きな箱形の荷車を果物で山盛りにした屋台で、あるとき私は朝食用のバナナを見つくろっていた。バナナの山からとりわけむちむちした一本をつかんだところ、そのバナナがもぞもぞ探るように左右に動く。驚いて投げ出すとそれは象牛の鼻で、黄色い皮ごと形を爆発させてキャッキャッと、ハヌマーン猿の鳴き声を口真似しながら逃げていくのも小憎らしい。

　註：ハヌマーン猿（ハヌマーン・ラングール）はインドに広く生息するオナガザルの一種。痩軀で灰褐色の体毛に包まれ、大型の個体で体長八十センチほどになる。叙事詩『ラーマーヤナ』で活躍する神猿ハヌマーンさながらの風貌につき、「ハヌマーンの使い」と尊ばれる。ハヌマーンガリー・ガートにほど近い寺院にも多数放し飼いされていた。神の御使いを管理するに及ばず、と寺側はいっさい関知しないが通行人の頭をたたいて遊ぶ、観光客のリュックや腕時計を奪って逃げるなどの悶着を頻繁に起こす。猿の奪ったのと同種の腕時計を、この寺のバラモンがはめていたという噂もあるが真偽は不明である。

（片桐「ガートの歴史」『宗教都市ヴァーラーナシーの朝』芸術書林　p. 104）

一度、ハヌマーンガリー・ガートと平行する泥の岸辺からほうほうのていで逃げて来る泥まみれの象牛に出くわしたことがある。ギクシャクと上下動をくり返す足を見ると、無残にも四本中三本の先が喰いちぎられたようになっていた。だが歩くにつれ一歩ごとに欠損部分がみるみる盛りあがり、石段を駆け上がりながら傷口がゲップでもするようにピンク色の小型象牛を三個、四個と吐き出し、街方向へ消えたときにはすでに尋常な四肢が復活している。街中至るところ徘徊疾駆する印象の象牛だが、そういえばガンジス川岸に三つある泥の岸辺にのみ、たえて象牛のうろつくのを見た記憶がない。先ほどのはよほど素っ頓狂な部類であろう。この象牛にして御免こうむりたい場所があるのだから世間は広い。

(片桐「中世祭式文献における穀物料理」『アジア民俗』二十五号 pp.98-99)

毎日前を通る肉屋のコンクリートの床に、三十歳前後の男が一人と少年が一人、胡坐をかいて鶏をつぶす作業をしている。二段に積んだ籠から、仲買人が選んだ鶏のうちの一羽を無造作に取り出す。異状を感知したらしくピピピピーイ、ピーイ、ひときわ澄んだ裏声で土壇場の歌を力の限り絶唱するのを、赤い鶏冠のついた頭をつかみ、男の熟練の指が分厚いまな板の上に、置いた瞬間もうストンと刃が首を落としている。手早く首のない鶏の体を自分の腿の下に押し込むのは、首を失ったことにまだ気づかない鶏が猛ダッシュするのを防ぐためだ。鶏の体が男の膝の下でじたばた羽搏(はばた)こうとする。落とした鶏の頭を、まな板の前に積まれた羽や頭や蹴爪や内臓、無数の不要部位からなる血みどろのがらくたの山にむかって放り投げる。敏捷に動く手が籠から次の鶏をつかみ出す。何羽かの首を続けざまにちょん切ってから、最初の鶏に戻る。すでに死にむつんだそれを少年の両手がつかみ、羽をむしる。男が胡坐をかいた足の血まみれの指の股に刃をはさみ、赤剝けになった鶏の二本の肢の間にあてがう。手慣れた所作で股から一文字に肉を裂く。手で腹わたをつかみだす。鶏肉は左側へ、不要なものは前の赤い山へと放り投げる。空(くう)に綴れを織るような蠅の乱舞。

(中略)

およそ無駄のない職業的手練の中にも、だが手落ちは生じる。あるとき肉屋の膝の下から遁走した首なし鶏が、うつろな羽搏きを繰り返しながら路上に走り出た。悪ふざけした象牛が大喜びでしゃしゃり出て、さっそく首なし象牛に化けるや首のない鶏とぴったり並び、バタバタ羽搏く真似をしながら往生際ダンスのステップを踏む。エサを漁っていた数匹の仔犬が警笛そっくりの悲鳴をあげて逃げ、山のような鶏卵を荷ほどきしていた男を自転車ごと引き倒し、杖にすがって歩いてきた老人を爆走させた。

(片桐『インド肉食(にくじき)考』本三書店　pp. 224–225)

ヴァーラーナシーに来てまもなく私は、ガンジスの岸辺が座ってもの思いにふけるのに存外適さないことを痛感した。

にもかかわらずさほど意外に思わなかったのは、右に挙げた片桐論文あるいはエッセイをかつて寝食をわすれ熟読、また執筆者ご本人の口から懇切丁寧な説明を聞く機会に再三めぐまれたことで、この町に関する知識あるいは基本的イメージが私の中に標準装備されていたからにほかならない。

とはいえ象牛にかぎっては、あらかじめ知っているからといって気にしないでいられるほど甘くない。ヴァーラーナシーに着いたその日、ゲストハウスに荷物を下ろすやいなや私の脳裏にはこの町のイメージがグーグルマップのごとく浮かびあがり、その映像に導かれるように身体が動き、気づくとアッシー・ガートに立っていた。そしてガンジス川沿いを徘徊して歩き疲れ、あるいはガート周辺の風景を眺めようと腰をおろそうものなら、ものの五分もしないうちガート象牛がヘローヘロージャーパーン？　コーリヤー？　チャイナー？　委細構わず隣に座りこむのだった。なるほどこれが、あの象牛かと眺めるまもなく鼻に巻きこんだ薄汚い絵はがきを売りつけにかかる。街角にとどまることなく、ガンジス河畔のガートでも各種象牛はつねに大回転中なのだ。

ガートはヒンドゥー教徒の沐浴場、またそのエリアの呼び名でもある。多くはコンクリートの階段がそのままガンジス川に没してゆく形式をとる。今は一月、北インドの短い冬だ。三月下旬に始まる泥沼めいた暑熱との間に、さらに短い春が挿(はさ)まれる。それらの季節は相対的に気温が低いものの日射しは強烈だ。白いコンクリートに埋めつくされ、遮るもののないガートの太陽光線はほとんど殴打に似る。街からガートへと降りる石段の隅に座って手帳をひらき、メモを書きつけてるとまた性懲りもなく象牛が鼻で私の帽子のつばを押しあげ横からのぞきこむ。従容と手帳を鞄にしまい私が歩きだせば、ペン、ペン、ペン、と連呼して私のペンをねだる。借りたいのかと思ってうっかり渡すと平然と長い鼻の穴に根もとまで差しこみ、そのまま返さない。私も平然とした顔で立ち去らなければならない。何ごともなかったかのようにふるまうしか、象牛に対して打つ手はない。

この手の寸借詐欺象牛のみならず、略奪象牛の手口も悪辣きわまるもので、あるときなどよほどぼんやりしてたのだろう、手首まわりから何かぺろりと剝がされる感触にはっと気づき、逃げてゆく象牛のこれみよがしに頭上に掲げているものを見ると腕時計だ。これも腹をたてても無駄、ゆっくりひと息吐く間に、腕時計を持っていた事実から自分を断ち切る。その時計は片桐がくれた唯一のプレゼントで、二人で会いはじめて一か月目、ベルトのすりきれた私の古い腕時計を見てたのだろう、寝物語のさいちゅうだったがだしぬけに新しい時計を手首に巻いてくれた、そのさいの彼の手つきなど思い出してはならない。じっさい、時計がなくても大した支障はないのだ。ここでは朝昼晩のおおまかな区別がつけば十分であり、太陽の傾きや自分の足もとから伸びる影の角度や長さ、または腹具合等によって、自分がこの一日のどのあたりにいるかを容易に知ることができる。

また携帯で撮影などしていると待ってましたとばかりに、ノーノーノー、ノーフォト、と言いながら手数料象牛が横合いから前肢をふりふり妨害し、画面から目を離した私に、二十ルピー、鼻を差しだす。このときも私はつとめて人ごとのように、でも何でかなあ、ガンジス川の風景、撮っちゃいけないのかなあ、ここ火葬場じゃないんだし、どうしてかなあ、といくら象牛が騒いでも右から左へ受け流すようにくり返して取り合わないでいると、困惑して逃げてしまった。人間から盗んだ言葉しか使えないのだ。厚かましいくせに根気のないのがガート象牛の特徴だ。とはいえ象牛には掃いて捨てるほど種類があり、例えば昨日などはおやつ用のサモーサーを買った店の隣の路地で、身悶えして痒がっている牡牛の角の後ろを蹄で根気よく掻いてやっている象牛も見かけた。

前掲片桐論文に言及されるごとく、どの旅行ガイドを参照しても象牛に関する記述は見当たらず、おそらく格別の実害はないため、こんな変てこなものをわざわざ記載する必要性を認めなかったものと思われる。じっさい、この国に来てから確実にこれは現実と言い切れるものは何ひとつなく、たしかに地球の中には別の惑星がある。

それはさておき、以上のようにインドという巨大な洗濯機の中でただクルクル回っているかのごとき象牛であるが、「彼らがインド的混沌を象徴する何ものかであること、のみならず世界の原理的部分を担う存在であることを認めるその仕方、あるいはその深浅においてまさに我々のインド理解が試されていると言ってよい」(片桐「現代ヒンドゥー社会の習俗の形成と展開」

『南アジア研究所紀要』十一号）とした片桐の指摘はまことに的確だ。

しかるに教授をはじめとする研究室の古典学気質の人々から、習俗風土や動植物といったインド現地に即したリアルな話題が出たためしのないのは何も象牛にかぎった話ではない。

一度だけ研究例会において、発表者の翻訳に関連してある学生が挙手し、

「翻訳文にこうありますね。〈アグニミトラとクシティヴァルダナは幼時より相容れぬ仲であった。あたかも象牛とリンガ茸のように。〉後半部分はどういう意味でしょうか」

と質問したことがある。

「〈象牛とリンガ茸のように〉、これは同時存在が難しいことの喩えです」

博士課程三年目の発表者が、人差し指でせわしなく眼鏡を上げながら「〈象牛とリンガ茸のごとく所を異にする〉といったように使われます。〈泣く子と象牛には勝てない〉〈象牛取りが象牛となる〉等と同様、中世文献において散見される表現です。もっとも象牛、リンガ茸ともに、想像上の生物でありますから……つまりは文学上の約束事の類いですね」

と発言したのに対し片桐が、「いやいや、象牛にリンガ茸、どちらも実在しますよもちろん、ヴァーラーナシーのガンジス川岸にうようよいる」とコメントするや、教授たちが「ほほう」といった表情をうかべたが、中谷先生以外のそれはあからさまな苦笑、たちまち会場中の学生たちの顔面に、同様の苦笑が伝播し波状にひろがる。

このような反応が現れ出る第一の要因として、他の教授や学生の留学先が軒並みドイツやイ

ギリス、アメリカなどの欧米であり、片桐以外には当研究室のヴァーラーナシーへの留学経験者がほぼ皆無であることが挙げられる。同地はインドにおけるサンスクリット学の中心地であるが、インド学がヨーロッパの学問であることからそもそもインドへの、またよりによって謎につつまれたこの町への長期滞在を大多数のインド学研究者が選択肢に含めることは稀である。さらに第二の要因として挙げるべきは、たとえば同地への旅行経験者すら研究室内においてついぞ象牛等の話題を出したためしがない事実から推察されるように、信じ難いものから自身を可能なかぎり遠ざけておきたいという彼らの体質ならびに当研究室の精神風土であろう。ともあれ、片桐論文には象牛はじめ同地のけったいな生物の生き生きした描写がくり返し現れ、ほぼ全員が同論文を読んでいるにもかかわらず、さようなものは「想像上の生物」に他ならないと研究例会という公の場で言い切る彼らの非妥協的精神もある種見上げたものだ。

奇跡的にデリー行きの航空券が取れたのは、直前にキャンセルが出たためだ。一か月前、予約しようと電話すると「残念ながら、すべて満席で」、申し訳なさを装った声で断わられた同じ旅行代理店から電話がかかってきたのは出発の二日前だ。相手はうって変わった哀願口調で、シーズン最中の一月初旬だったにもかかわらずかなりの値下げに応じ、誰にも言わずインドへ行く格好の口実となった。

片桐にひと言も知らせず、この町へ来てしまった。無謀だっただろうか？　だが、ここでなら会えると思った。大学の研究室では毎日のように顔を合わせている、だが二人きりで会わなくなって一か月以上たつ。日本での日常を離れ、異国で会えたら、初めて出会ったときの二人にもどれるかもしれない。馬鹿げた恋をしていた。東京からデリーまで十時間。ニューデリー駅の外国人専用窓口で予約できたヴァーラーナシー行きの一番早い列車は二日後。さらに夜行で十三時間。

到着後、ただちに手ごろな宿を探した。彼の定宿がアッシー・ガートの真ん前の〈ホテル・ガンジスサイド〉であることは知っていた。行ってみると、派手さはないが程よくこぢんまりしたシックな外観だ。昔の藩王(マハーラージャ)の別荘だったのを民間人が買い取りホテルとして改築したというのは片桐のエッセイ「ヴァーラーナシーの日常風景」(『印哲贔屓』八号)に記述がある。中に入りフロントで訊ねると、「一泊四千ルピーです、マダム」とても手が出ない。瀟洒(しょうしゃ)なガラス戸を押してポーチを降り、ホテルの並びの角を曲がる。最初の路地を入った先に一泊二百ルピーの手ごろな宿を見つけた。富裕層に属する一般人が自分の家の部屋を貸すゲストハウス形式のものだ。

私は今どきガラケーしか持たず、日本語でメールを送ることのできるネットカフェを見つけたのは、ようやく黄昏の色濃くなる時分だった。

今、ヴァーラーナシーにいます、一行だけのメール。手帳を見ながら自分が滞在しているゲストハウスの住所と電話番号を打ちこむ。

一か月前のある夜、なかなか繋がらなくなった携帯電話に片桐が出たのはいかなる偶然か？一月の予定を訊ねた私に、下旬にニューデリーでインド哲学関係の国際学会に出席、そのあとヴァーラーナシーに行くと淡々と答えた。ヴァーラーナシーは彼が大学院博士課程在籍のころ、二年間を過ごした留学先であり、その後もほぼ毎年、大学の休みを利用して出かけると聞いていた。久しぶりの彼との通信、右手に携帯を持って話しながら、私の左手の指が無意識に膝にくりかえし大小の円をえがく。左膝の薄くすべすべと膜を張ったような引き攣れは、子供のころの火傷の名残り、その小さな痕にふれる手慰みのままに彼と話すのがつねだ。指を何周かめぐらせたとき、私も行こうかな。だしぬけに自分の口からそんな言葉の出たことに虚を衝かれた。膝に指をあてた自分の、唖然とした顔がくらい窓ガラスに映るのを見つめる。学術振興会関係のバイトで思わぬ臨時収入があったことが頭の片隅にあったのは確かだ。夜の一方の端からとりなすように、思いやりに似た何かを小出しにするような声が、答える。いいんじゃない、一度インドへ行ってみるのも。ヴァーラーナシーならどこでもご案内しますよ。その瞬間、宇宙の縫い目からもれでる光の箭(や)を見たかのような自分の心から、私は文字通り顔をそむける。突然決断がとびだす。ヴァーラーナシーに行こう。私たちの時間を時計から引きはがし、もう一度血を流させるのだ。その直後、男が不意に電話を手でふさいで誰かと話すかのような不明瞭な音声がしばし浮動し、ついでみょうにせかせかと、じゃあ、また、と言ったきり唐突に電話が切れた。

その小細工のつたなさをやりすごし、私は携帯電話を耳に当てたままベッドに倒れこむ。じょじょに眠りに落ちながら、携帯電話につまっていた一か月ぶんの、彼のたてる物音に耳をすませる。

かくしてまんまとヴァーラーナシーにおびき寄せられた私は、自らの業にうながされるように、あるいは立ち止まるとにじり寄る象牛に追い立てられるように、毎日とめどもなくガンジスの岸辺をほっつき歩くはめになったのだ。

ヴァーラーナシーのガンジス川左岸には、南はアッシー・ガートから北のアーディケーシャヴ・ガートまで、全長約六キロに渡って主要八十四ガートがならぶ。その北側部分、すなわちマーラヴィーヤ橋までのエリアはコンクリートで整備されている。川ぞいに延々とのびるこのコンクリートの堤防はガート地帯（ベルト）を南北につらぬく遊歩道であり、川にむかい階段状に降りてガートとなり、その反対側でガートから街へ上る階段を分岐する。

二人でガートの話をした割烹店のカウンターをぼんやり思い出しながら、街への階段を上って昼食ついでにネットカフェに行くと、前日のメールの返信が来ている。

忙しくてニューデリーの学会に行けるかどうか分からない。岩本（いわもと）君が出席するようだ、ぎりぎりの申請だったため時間的に厳しいが、現在発表準備に寝る間も惜しんで頑張っている。BHUの下見のため彼はヴァーラーナシーに寄るかもしれないと手短にしたためてある。パソコン画面の字を追いながら私は腹痛に顔をしかめた。インドに来る一週間前から生理とも不正出血ともつかぬ出血が続いていた。何か月前か忘れた、婦人科検診の結果が思わしくなかった後、にわかに予約を取るのが煩わしくなり診察を受けていない。頻繁にナプキンを替える必要があった。私は受付に頼みトイレを借りる。

サーンキャ哲学専攻、博士課程の岩本信也（しんや）がＢＨＵ（バナーラス・ヒンドゥー・ユニヴァーシティ）に留学したがっているのは事実だ。インドにおけるサンスクリット研究の中心地と言われる同地にあって、ＢＨＵは古典研究で名高い名門大学、かつて片桐も学んだ学府である。

岸辺に下りてゆく石段脇のピッパラ樹の根元に、三角屋根のついた赤い祠が見える。中を覗くと、参拝の人々が掛けたオレンジや白のおびただしい花輪（マーラー）に埋もれた大きな石の柱、リンガが安置されている。

それを目にした瞬間、間髪を容れず私の脳裏に閃くのは『愛のインド思想』ならびに「中世祭式文献における穀物料理」および『インド肉食考（にくじき）』など数々の片桐論文・エッセイにおけるリンガ関連記述である。この町に足を踏み入れたその日から、目にする事物の一つ一つについて私の頭に去来するのはこれら片桐の著作物やとめどもない会話から得た、この地に関する知識のいっさいがっさいだ。彼が修学先として選び、若い日々をすごしたこの町のいかなる些末な情報であれ、例えばどの論文のどのページのどの行に該当記述があるとただちに想起できるほど、すみずみまでそれらと懇ろ（ねんご）にむつんでいたことを私はこの地であらためて確認した。彼によってもたらされた数多の知識が、ここでは一歩ごとに翼を生やし続けざまに私の前から飛び立ってやまず、それらの羽搏きの風を顔に受けるため私はここへ来たようなものだ。

ヴァーラーナシーはシヴァ神の都。シヴァは彫像や絵画でも表現されるが、何よりリンガの形で崇拝される。それは屹立する柱（リンガ）とそれを下部で受けるいちじくみたいな形の胎（ヨーニ）が一体となった石造りの造形物、てみじかに言えば女陰の中心から男根が生え出たようなものだ。〈リンガ〉といえばイコール〝男根〟〝魔羅〟と短絡しがちだが、原意は〝しるし〟であり、〝象徴（シンボル）〟〝性（ジェンダー）〟の意味で用いられる場合もある。シヴァを描いたさまざまな図像の一つに半女主宰神（アルダナーリーシュヴァラ）と呼ばれる様式があり、右半分にシヴァ、左半分に妻のパールヴァティーという陰陽原理を合体させることが〈一なるもの〉、完全性の表現であると知っておくことは、リンガ理解の助けになるかもしれない。シヴァすなわちリンガは宇宙の始終（オーム）であり、リンガとはあくまで陰陽兼ね具えた両性のシンボルなのだ。私が眺めている祠の周辺にはおびただしい大小のリンガが並び、花輪からばらけたマリーゴールドの花、ジャスミンの花、灯芯の燃えさしの入った小さな陶器の皿などが散乱する。

ヴァーラーナシーの名は、ガンジス川に流れこむ北のヴァルナー川、南のアッシー川にはさまれた場所の謂であると説明される。雪の蔵（ヒマーラヤ）から発したガンジスがヒンドゥスターン平原を流れ、シヴァの頭に懸かる三日月形に水が蛇行する土地に、シヴァはカイラーサ山から都を遷す。

リンガが最高神シヴァそのものであれば、ヴァーラーナシーはリンガの都だ。この町の到るところに大量のリンガが増殖する。人やバイクやリキシャーが猛然と行き交う辻であれ牛が野菜屑をあさる路地であれ、赤い祠を見たらそれはハヌマーンかリンガである。その多くには神体の手前、前肢を折って拝む可憐な小象が模られる。

額にシヴァ派ヒンドゥーのしるしの黄色の横線を描いた男が歩いてきて、祠の前でやにわに倒れ込んだため「大丈夫ですか」声をかけようとしたら両掌両膝、額をぺたりと地面に投げふし礼拝しているのだった。五体投地の作法で三度、礼拝をくり返した五十年配の男はゆっくり立ち上がり、うやうやしい手つきでリンガの上に三叉の葉を載せ、花であふれかえる根元にさらに花輪を献じると上から水を掛けた。三叉の葉はシヴァの象徴、ひしと柱を食い締めた胎の水路を水がうるおす。

対岸に目をやると、まっしろい砂浜と背後の木立の緑の帯が横一線につづく。ガンジス右岸の砂浜は雨期に水没し、緑はその限界線を示す。左岸は人間たちがおしあいへしあいする娑婆の界隈であるが、右岸は不浄の彼岸とされ誰も住まないと聞く。だがかりにこちらの岸のありさまを対岸よりながめる者があれば、さだめし泥臭い田舎芝居の、胡乱な書割とのみ見ることだろう。

川ぞいをしばらく行くと、白い天幕の下に設けられたステージが見えてきた。

その前で数十名、群れ集った人々がさかんに拍手を送る。お祭の出しものなのだろう、街からガートにむかい降りてくる階段の最後の数段を使ってしつらえられた壇上で、マイクを持った男性が何やらわめきたてる。割れんばかりの拍手が巻き起こり、舞台の後方に控えるシタ—

ルやタブラー、ヴィーナーを手に控える楽団のまもなく奏ではじめた甲高く切ない調べに乗り、花をふりまいたように踊り手の一団がつま先立ちの小走りでやってきて、カタックダンスを舞いはじめた。たちまち絵巻物の紐を解いたごとく機敏な身ぶり手ぶりが、その場に優艶きわまりない空間を繰りひろげる。長い腕をしならせ腰をゆすりあげ、力づよく足首の鈴を踏み鳴らすリズミカルな色と音のその渦中に、まったく動きが合っていない踊り手が一人目についた。しきりに身をよじり周囲の所作を真似ようとすればするほど、ただ不格好にきりきり舞いするずん胴の体は、見間違いようがない。舞台用の派手な化粧を施し、全身をアクセサリーで飾りたてているのは他のダンサーと同様、だが色鮮やかな衣装の一団の中で象牛だけがシンプルな水玉模様のミニドレス、はちきれそうな衣装に無理やり身を押しこみ得意顔で長い鼻を左右に振り回す。あんのじょう、ほどなく他のダンサーたちがこの目ざわりなお調子者を巧みなひじとひざで右へ左へ急調子で小突き回しはじめ、ついにステージから転げおちた象牛の、衣装の水玉がクルクル回る回る、ながめる私をたちまち淡い月光の降る水玉模様の記憶へと連れもどす。

水色の生地に白とオレンジ、薄い黄緑色の水玉があしらわれたそのドレスは色のとりあわせが大好きだった。また素材の手触りが何ともいえずなめらかで、何度もくりかえしその上に手をすべらせては母にたしなめられたことを思い出す。

小学校に上がって間もなくのころからだろうか、母と私は夜寝るときパジャマを着ないのを習慣にしていた。昼間着ていた普段着のまま、いっしょの布団にくるまり抱きあって寝た。私たちの使える布団はひと組きり、諸般の事情で仕事が長く続かない父は、私が生まれたのとほぼ時を同じくして日本泥酔者協会に登録、会員唯一の義務を日々果たしつづけた。

夜中に乱酔してもどるなり、父は私と母のくるまる布団を蹴りあげ、

「お前ら、俺より先に寝るとはどういう了見じゃ！　馬鹿にしとんのかいおら！」

怒鳴り声を聞くやいなや二人で布団から跳ね起き、外に転がりでる。私たちの住む団地内に小ぶりの公園があり、そこで私たちは、父が眠りにつくであろう時刻までを二人して過ごす。時おり深夜にタクシーなどで帰宅する顔見知りに挨拶されるおり、パジャマではきまりがわるいといつしか母と私は普段着で布団に入るならわしとなる。そうすると、次には翌日出かけるさいの服装で寝たほうがいっそう手間がはぶけることに気づく。つまり私は黄色の制帽と白いブラウス、紺色のスカートという小学校の標準服、母は当初ブラウスとスラックス、あるいはニットとスカートといった装いから、さらに朝の時間を節約するため三角巾と割烹着すがたで寝床に入るようになる。近所の弁当屋に毎日パートで通っていたからだ。いっしょに布団にくるまるさいの母の服装がさらに変化し白ブラウスにワイン色のエプロンと三角巾になったのはスーパーに転職したから、これが紺のベストならびにスカートの上にブルーのエプロンと三角巾、次には薄緑のジャンパースカートと赤い襟元リボンへと変わったのは、少しでも時給の高い求人を見つければすぐさま面接を受け職場を変えた母の積極的姿勢と家計の逼迫度を表して

いる。

しばらくしてもとの三角巾と割烹着に戻った後、不規則なバリエーションが加わりはじめた。というのは三角巾割烹着の日とおおむね一日交替に、赤や黄色や紫のラメ入りの色鮮やかな、そして大きく胸もとの開いたミニドレスやキャミソールタイプの露出度高めのドレスを着て母が布団に入るようになったのだ。家賃や私の給食費支払いにも事欠くありさまだったため、一日交替で母が昼サロに勤めはじめたからである。昼サロは歩合制でなく時給制を取り、一人当たりの接客時間が短く店内も暗く料金設定も比較的安めであることから顧客の要求水準もやや低め、要は女性の年齢ならびに容姿にまつわる諸問題は不問に付される傾向がある。もっとも母は美人であった。周知のごとく弁当屋と昼サロの給料はくらべものにならないが、後者は顧客の回転効率のよいことから体力的にハードであり、母が弁当屋との一日交替を選択した由である。弁当屋に復帰したのは家から近いという地理的理由と思われる。

つまりおおむね二日に一度、夜中の公園で、寝ぼけまなこでぶらんこに乗りながら私は母のドレス姿をながめることになった。月の光をあびた母の、ミニドレスの水色の生地がふしぎな色に透けるのを見た。かなりけばけばしい手持ち衣装のラインナップの中で、一着だけ淡色で可憐なデザインの水玉ドレスは私のお気に入りだ。そのとき夜ふけの公園が海の底のようにきらめき蒼ざめていたのが、私たちへの月の慈愛だったのか嘲笑だったのかはわからない。母のファンなのか、終電時間をとうに過ぎたころになっても、タクシーで帰宅する何人かが毎晩律儀に挨拶して通るのだが、ほの暗い中で個人の識別は困難である中に黙って長い鼻を上げて通るずん胴のスーツ姿を幾度か見かけた気がするが、月夜のまぼろしだろう。母はだまって煙草をふかしている。以前は吸わなかったが、昼サロに勤めはじめた直後に吸い出した。ミニドレスからすんなり伸びた、網タイツを穿いた脚がきれいだ。ともあれ泥酔者が寝落ちるまでの時間は長くはない。父が前後不覚になったころあいを見計らってそっと自宅に忍び込み、ふたりでまた寝床に横たわる。だが時おり夜半にトイレに起きる父が、私たちに気づいて掛け布団を蹴りあげるや、ふたたび布団からダッシュして抱きあったまま私たちは玄関から飛びだす。

どっと、けたたましい鳴り物入りの大歓声が、ガートからガンジス川の水の上にまで響きを広げた。

ぼんやり舞台に目を向けると、マイクを持った青年が上体をくねらせながら情熱的に絶叫歌唱しており、さきほどのカタックダンスはすでに参加型の歌合戦のようなプログラムに移っている。観衆のインド人同士が肩を組んでステージ上の男を指さし、涙を流して大笑いしているのは、インドスタンダードでも音痴なのだろう。見まわしたが、水玉象牛はどこにも見当たらない。私は耳をふさいで歩きはじめる。

プラブ・ガートで、岸辺の階段から白い腰巻き一枚の初老の男性が川に入ってゆくのが見えた。

額にシヴァ派ヒンドゥーのしるし、さきほど祠に五体投地し花を献じた男性だ。ゆっくり水に身を涵す。川は乳いろにくもる空と同じ色をしている。男性の堂々たる体軀が浅瀬に立ち、両手に水をすくう。頭にかけ、太い首すじに、厚い胸板に、逞しい腹に、まんべんなく水をあびる。手で水を掬い、ふたたび川に戻しいれる動作をする。指さきから流れた水は神のため、親指と人差し指の間を流れた水は父祖のため。水を握り、前に放り、後ろに放りなげる動作。前にやる水は祖先のため、後ろにやる水は子孫のため。その一滴一滴がガンガー女神の身体。

一般に「聖地」の意味で使われる語〈ティールタ〉は元来サンスクリット語であり、「浅瀬」「教え」「導師」等々さまざまな意味に用いられるが、それらが全てこの言葉の根たる動詞の意味「渡る」と何らかの形で結びついていることは片桐論文「カシュミール・シヴァ教のインド古典詩学への影響」（『森正義博士大還暦記念論集』所収）で簡明に述べられる通りである。すなわち、そこを通って人が向こう岸へ渡れるところの浅瀬であり、人がそれに依って問題を渡る・克服するところの教えであり、人をして生死の苦を渡らせるつまり人を済度するところの導師であり、というように。

ヴァーラーナシーは古代から北インドをつらぬく古い交易路が、ガンジス川を横断する浅瀬（ティールタ）だった。歩いて渡ることのできる水辺の浅い場所は、沐浴に適した場所であり、輪廻の大河をこえ彼岸に渡ることのできる渡り廊下だ。ヴァーラーナシーの、インド随一の聖地（ティールタ）としての歴史的起源はそれである。

水牛が群れなすシヴァーラー・ガートに到った私は、涼しげな緑陰をひろげるピッパラ樹の下に、ひとりの苦行者(サードゥー)が足を組んで座るのを見た。

その前を通りかかるすべての人々が恭しく合掌し、喜捨をする。あるていど小銭が溜まったと見るや、間近く控えた男が苦行者周辺の地面、あるいは彼の瘦せさらばえた膝や腿、肩の上に載った分までちゃっ、とさらえて箱に回収する。さらなる投げ銭を誘い出すためある程度小銭を残しておくことと、ありえないほど逃げ足の速いガキのかっぱらいどもに隙を見せないこととの兼ね合いが難しいところ、ぼんやりながめてると同じピッパラ樹の、ぐるりと半周回った向こうがわで一頭の象牛が、がりがりにしつらえたとおぼしき体でしかつめらしく、精いっぱい頬をへこませながら苦行中のていで座る。いったいどうやったものか、見事にあばら骨が浮いて見えている。

そのあばら骨を一本一本、目で数える私が、高校生のころを思い出したのも無理はない。

きっかけは何だったのだろう？　私の脳裏に浮かぶのは一リットルのアイスクリーム容器、受験のプレッシャーから胃の具合の悪いところへ次から次へと大量のアイスを食べ続け、吐くまで止められなかった。二年の後半から、ずっと学年十位以内の成績を堅持していたのは国立大学でなければ進学が難しく、ましてや浪人など不可能だったからだ。胃カメラのフィルムを見ながら医者は、「節制して下さい」つぶやくようにひとこと、すこぶる面倒臭そうに「お薬出しときます」。あくびを押し殺しつつカルテに向き直り、それきり食餌指導も栄養学的アドバイスもない。

結局、食べないでいることしか思いつかない。何日も食べないでいた。それは容易だったが、ほどなくそれまで経験したことのない、ふしぎにしずかな心境に降りてゆくのを感じた。過度に食べないでいることで心身が清められる歓びだ。食べることは必然的に後続する消化作用ならびに排泄作用へと肉体をせきたてる行為にほかならず、その循環をたちきることが〈清らかさ〉のイメージ的根拠だという推測はなりたつ。空腹で苦しいのはたかだか数時間であり、それを過ぎれば飢餓の感覚もふくめ此岸のいっさいと疎遠になれる。手短かにいえば、私は何ものともつながりたくなかったのだ。そんな風にぽかんとすごす間にも着々と体重は減少し、四十キロを切ったところで、ようやく食べないでいることに飽きた。

こちらのきっかけは保健室だ。授業中、教師に指されて太宰の短編小説冒頭を朗読していたら、頰にざらりと触れるものがあり、教室の床だった。次に意識をとりもどしたのは保健室のベッドで、目を開けた私に気づいた保健教諭が、いたずらっぽく笑った。

「あ、見つかっちゃったかあ。こっそり食べようと思ってたのに、仕方ないな」

白衣の背後から小ぶりの箱を出した。目に入ったパッケージの、しねくねした見慣れない文字列の下に添えられたローマ字をたどると〈モーダク〉と読めた、その下に蛇のそばでひっくり返った象の神様の裂けた腹から山のようなダンゴが飛び出してくるイラストが描いてあるから、このダンゴの名前だろうか、

「これ、さっき校長先生が下さったの、息子さんがインド旅行してたらガンジス川ぞいのお寺

で猿に腕時計とパスポート入りのリュック盗まれちゃって、日本人の経営してるホテルに泣きついたら偶然知り合いの知り合いだったんでお金借りて命からがら帰ってきたって。ベナレスって知ってる？　北インド。そこでお金盗られる前にお土産用にいくつか買っておいたお菓子なんだってさ。いっしょに食べよっか」

　彼女はダンゴを二つに割り、半分さしだす。上に一個トッピングされたカシューナッツは割らずに私の方に入れてくれている。胃を悪くした元凶が甘いものだったこともあり、とりわけお菓子は避けてたが思わず受けとってしまう。香ばしさが鼻をくすぐるうれしさの中にも強い困惑が湧き、お菓子を手にしたまま「モーダク」と書かれたパッケージをながめれば、象の神様の絵に打ち重なるのは毎週月曜日の全校朝礼冒頭、ティーポットじみた見事なずん胴からのびる短い脚をもぞもぞさせてなされる、感心するほど毎度寸分変わらない数単語のみの校長の挨拶や、いくら目を凝らしても桃色の靄がかかったようなその顔立ちから不意に長い鼻がのび、スタンドマイクの位置を直すと見れば鍵穴めいた細い両目が、にっ、と火にくべたように急激に撚れちぢまる有り様などで、

「うわあっ、おーいしいっ」

　お菓子をほおばった保健の先生の声にうながされ、私はつられてモーダクを口に入れる、たちまち心が蕩けた。さだめし意識下で絶叫をくり返してた食の本能に根まけしたのだろう。その日以来、少しずつ食べられるようになり、小刻みに体重回復、しかしながら二十代になって

も極端な痩せ型体形は変わらない。

世の中よくできているもので、こんな女の胸も時到れば色恋がノックする。結果として私はベッドの中で三人ほどの男を蹴り殺しかけた。

ああなって、そうなってこうなって最後のぎりぎり瀬戸際、だしぬけに脳天から真下へ拒否の信号がつらぬきわたるのだ、次の瞬間掛け値なしの蹴りを入れている。女の力で男を一撃のもとに無力化するのは急所あるいは顎へのキックしかない。何人か病院送りにした可能性があるが、すぐさま跳ね起きて逃亡したから知らない。専門課程に進んだ後は縁の切れる人物ばかりだったのは不幸中の幸いだった。

いったいなぜいつも同じ顚末にいたるのか、たかだか男と寝るだけのことではないか？　男と二人のベッドの中にある往生際に、爪さき立つ。恐怖。それは恐怖だ、交合（まぐわ）うことへの。赤の他人とまじりあうことへの、おなじみの、だがその都度お見逸れする恐怖。しかも憂鬱なのはこの迷夢より匍（は）い出た後にも、たいして素敵な世界が待っているとは思えないことだ。

夏休みに「美文芸特別講義（カーヴィヤ）」の予習をしていたと記憶する。

テキスト中に〈シヴァの三つの聖地〉という言葉が出てきた。調べたがよく意味がわからない。他の用事もあり片桐准教授の研究室を訪れた。インド学研究室に入った学部三年、夏の終わりごろだ。

ありていに言って、教養課程修了後の専門分野としてインド学研究を選択する学生は相当な奇異の目で見られることをあえて遠慮することはできない。たまたま興味を持ち選択した美術史の夏期講習の教室で、文学部の他学科学生の前で自己紹介したとき一様に彼らの顔がこわばったのを私は見逃さなかった。休憩時間、コーヒーの紙カップを手に恐る恐る近づいてきた英文科の女子学生に、「インド学の人って年に一人は過労死するって本当ですか」真顔できかれた。その噂の研究室に進学を決めたきっかけは専門課程選択をフォローするための説明会だった。

各専門分野の先生方が教養課程の学生に研究内容につきガイダンスを行うのだが、インド学研究室から来ていたのが片桐だった。この研究室はもともとインド哲学・仏教学・インド文学というきわめて専門性の高い古典文献研究のみの寄り合い所帯だったのが、総合化という世の潮流には逆らえず近現代も視野に入れた各種インド文化研究も含む方向へと専門領域が拡大され、そのタイミングでインド文化全般、ほぼすべての分野に優れた論文を発表するハイブリッド的存在だった片桐が新たに研究室スタッフに抜擢された経緯がある。ともあれ古代から中世へ、連綿とつづくインド哲学の流れと特色をてぎわよく明快に、ヴァーラーナシーでの体験的エピソードもまじえつつ説明する彼の話の面白さと快活さに好感を持ち、私はその説明会から事務所へ直行してインド学研究室への進学希望届を提出したのだった。

夏の終わりのその日、研究室のドアをノックしたとき、片桐は窓際で外を眺めている。私にデスクの前の椅子を勧めながら、やっと来たの、という。バタバタ団扇を使いながら、何でもっと俺にものを訊きにこないのよ。デスクの上に読みかけの『タントラ・アーローカ』がある。

「〈シヴァの三つの聖地〉についてお訊きしたくて……」

私が言うと、

「いいね。いい筋してるね。で、どんな文脈で？」

よくわからない褒め方をして相好を崩し、私は、

「カーヴィヤ読んでいまして、ある小国をめぐる寓話中の記述なんですが『この国には三人の大臣がいた。この国の王にとって彼らは〈シヴァの三つの聖地〉であった』、これはどういう意味でしょうか」

片桐は即座に「〈三大臣〉と〈三聖地〉の間には隠喩（ルーパカ）が成立しているね」、言いながら団扇を置き、「その三人さえいれば、他の人は全く必要がない。僕がいたヴァーラーナシーを例にすればさ、古来からの巡礼方法といったら地を行くもの水際を行くもの、それからお参りすべきガートの数とかさ、無数にあるわけ。で、その中でも水際を行くガンガー巡礼として昔から知られた古い形というのは、ガンガー・アッシー川合流点とハヌマーンガリー・ガート、ガンガー・ヴァルナー川合流点であるヴァルナーサンガムの〈三つの聖地〉巡礼セット。この三つのガートで沐浴することで、その間のガートはすべてカヴァーされる、そういう考え方。つまりさ、有用な三人の大臣さえいれば、その他のスタッフはいらない、その間は全部カヴァーされ

ちゃう、そんな意味なんじゃない」

「その〈三つの聖地〉はどんなテキストに出てくるんでしょうか」

「いろいろあると思うけど、詳しいのは『スカンダ・プラーナ』の中の『カーシー篇（カンダ）』だね。これはカーシー近郊のシヴァ寺廟ならびにカーシーという町の至高性を語ったシヴァ派系統の文献。どこまで遡れるか、もっと古い本にあるのかどうか、わかんない。君の言うその〈シヴァの三つの聖地〉が、具体的に『カーシー篇』のそれと同一かどうかは断言できないけどね」

「カーシー……ヴァーラーナシーのことですか」

「そう、少し前まではバナーラス、日本人はよくベナレスって言うけどね、本生譚（ジャータカ）なんかに出てくるもっとも古い名前はカーシーだ。カイラーサ山のてっぺんからさ、こう、ぐるっと下界を見わたしたシヴァがあるとき『おおっ』と驚いた。シヴァの頭に懸かる三日月、ちょうどその形に水が蛇行するその美しい町を光の町（カーシー）と名づけ、シヴァはカイラーサ山から都を遷したんだ」

さて俺の論文は何処かいな、と言いながら片桐は立ち上がって二、三の本棚を回り、ソファやスチールラックに縦横無秩序に置かれた本の山を探してから、今ちょっと手元にないみたい、今度探しとくよ、と言う。

窓辺に行って煙草に火を点けながら、物語が好きそうだよね、『ラーマーヤナ』に興味ある？　今東博で〈ラーマーヤナの世界展――ハヌマーンとインドの神々〉っていうのやってるよ、と言う。そうだ、とくわえ煙草のままデスクに寄り、書類とコピーと読みかけのテキストの山の中から探し出した。灰皿に灰を落としながら、招待券、二枚あるんだけどさ。明日暇だったら一緒に行く？　と言った。卵の内側にいる雛が、殻を外側からつつく嘴の音を聞くように私はその言葉を聞く。

翌日、展覧会を見たあと、私たちは片桐の行きつけの割烹店のカウンターに座っている。ビールのあとすみやかに熱燗へと移行するままに、前日訊ねた〈シヴァの三つの聖地〉について話しはじめた。

片桐の猪口に酒をつぎながら、私は、

「ガートって、ヒンドゥー教徒がガンジス川の水を浴びる場所なんですよね、いわゆる宗教的な意味で」

「ガートはさあ、もう何でもありだよ、こっちで米洗ってるとおもえばあっちでパンツ洗ってる、でもまあ本来の用向きは沐浴だよね。インド全土からヒンドゥー教徒が毎日どっさりやって来ちゃ、神々にむけて〈あなたのためにこんなに精進してますよ〉ってお浄めして祈りをささげる場所。思うんだけどガートってさあ、神々の私書箱みたいなもん？　差出人は巡礼者、〈株式会社ヒンドゥー教〉御中で毎日山ほど届く嘆願書をさ、神様がときどき暇つぶしに開く私書箱。昼寝の合い間に、まあたまには読んでやるかってちょこっと開いてさ、こいつの父親の寿命三年延ばしといてやるか、あいつの嫁に男の児授けてやるかなんつって。ちょっと違う？　まあいいや」

　屈託なく笑いながら片桐は猪口を口にする。授業で見たことのある、薄い青のストライプのシャツにベージュのスラックス、インド学研究室の他の教授がつねにスーツを着用する中、片桐はいつもごくカジュアルな服装だ。

「その中でも〈シヴァの三つの聖地〉って、今も巡礼する人が多いんですか」

「あれらは現在巡礼地としてはほとんど顧みられてないね。巡礼者が多くて〈メインガート〉と呼ばれてるのはダシャーシュヴァメード・ガート。いまどきは遠くからバスで大挙してヴァーラーナシーやってきたって、ここだけで参拝をすませるヒンドゥー教徒が大多数だね」

「じゃ、歴史的に一定の意味はあっても他のガートと比べて特に違いはない……」

「特徴はあるさ。あの三つのガート近辺は十八世紀以降、ガートがコンクリートの階段へと変化してゆく以前の土の岸辺が残る、ほぼ唯一の地帯だ。焼き場ガートは別として、これら三つのガートの周辺だけ、ガート地帯（ベルト）の主要部分をつらぬくコンクリートの道と、古い時代の名残りである泥の岸辺が平行して並ぶ形になってる。あとさあ、三つ目のヴァルナーサンガムのあたりなんだけど、昔ながらの村の風景が広がっててさあ、ヴァーラーナシーの街中からするとまさに別天地。これぞインドの原風景って感じ。ぜひ一度行ってみるといい」

　片桐は壁のお品書きをざっと見て、料理の追加を頼む。私は訊く。

「〈シヴァの三つの聖地〉って、何か原型になった話があるんでしょうか」

「いい質問。これはシヴァの懺悔の巡礼神話に基づくんだ」

私の背中を軽く叩く真似をして、

「例の『カーシー篇』にあるシヴァ神の巡礼神話。かいつまんでいうとこんな感じ」

猪口の酒をぐっ、と呑みほした片桐はカウンター内の料理人に空のお銚子を振ってみせながら、

「あるときブラフマー神とヴィシュヌ神がカーシーで、〈最高神は誰か？〉という話でもめてました。そこで四つの天啓聖典(ヴェーダ)をひもといてみると、そこには〈シヴァこそ最高神なり〉と書いてある。それでも納得できない二神の前に、突然凄まじい閃光が走り、天を裂き地を貫く巨大な光輝く柱(ジョーティルリンガ)がおったちました。ぶったまげた二神はこの柱の果てる場所を探そうと、ヴィシュヌは得意の化身(アヴァターラ)で猪の姿となり冥界の底の底まで掘り進む。ブラフマーは鵞鳥(がちょう)に乗って天の果てのまた果てに昇りつめる。だがそれから何千年飛んでも潜っても、〈光の柱(ジョーティルリンガ)〉には涯(はて)がない。数千年飛んでも根元にも先っぽにもたどりつけないって、まあすごいおちんちんだよね。リンガすなわちシヴァが宇宙の始終(オーム)だってことをブラフマーとヴィシュヌの前で証明したわけ。ようやく諦めて両神は出発点のカーシーに戻り、ヴィシュヌはシヴァを最高神として讃えるが、自惚れの強いブラフマーは認めずかえってこれを侮辱する。それに激怒したシヴァは、暗黒神の性を剝きだしに、たちまちブラフマーの五つの首のうちの一つを切り落とす。首は地に落ちる前に激しく跳ねてシヴァの肩口に嚙みつき、シヴァの肩に醜い歯形が残される。

ブラフマー殺しの罪をぬぐうためシヴァは贖罪の旅に出る。インド中を経巡る長い懺悔の旅の間に、ブラフマーの首の残した罪の歯形が、肩先からシヴァの体を嚙みすすむ。最高神の満身を死斑のように歯形が喰らってゆく。太い首すじに、厚い胸板に、逞しい腹に、巨大なリンガに、肩先から流出した歯形が這いめぐる。巡礼の最後に、シヴァは旅立ちの地であるカーシーに戻る。ガンガーの岸辺の三箇所で川の水に身を涵したそのとき、ようやく罪の呪縛から解放される。すなわちガンガー・アッシー川合流点で下半身の歯形が、ハヌマーンガリー・ガートで上半身の歯形が、最後のヴァルナーサンガムで罪の発端の肩先の歯形が、鱗が落ちるように消失したというお話。その三箇所が、〈シヴァの三つの聖地〉って呼ばれるようになった。以来、そのやり方で巡礼者はこのシヴァの額を堂々巡りするってわけ」

仲居さんが小鉢を二つ、熱燗二本を朗らかな表情で私たちの前に置く。藤色の和服に割烹着姿の小柄な彼女が、あちこちから注文の声が飛び交う賑やかな店内を一人、お盆を手に小走りに行き来するのを私は眺めた。

片桐は鮪の刺身を取りながら、

「ところでさ、ガンジス川は神格化されてガンガーって女の神様になってるんだけど、知ってる？　ガンガーは、ブラフマー、ヴィシュヌ、シヴァのヒンドゥー教の三大神全員と寝たただひとりの女神なんだよ。でもシヴァが一番いいんだってさ。ガンジスの水が初めに天から地上に落ちるとき、シヴァがその髪で彼女を受けとめた。彼女がこの世に軟着陸できるようクッシヨンになってやるんだね。またシヴァの髪はお誂え向きにもつれたもじゃもじゃの髪なんだ。神様の髪って、やっぱりさらさらストレートじゃないよね。螺髪（らほつ）って仏の三十二相にもあるしさ。天から地上めがけて落ちた物凄い衝撃を自分の髪で受け止めてから、シヴァはそっと彼女の身体を地面に横たえてやる。女神だからさ、並みのスケールじゃないよ、ヒマーラヤから、ヒンドゥスターン平原をへてアラビア海まで、それがふたりの新床（にいどこ）だ。初めて抱かれた男が忘れられないってわけ。シヴァの妻パールヴァティーが、シヴァとガンガーとの強い結びつきに嫉妬したというのは『ガンガー・アシュタカ』等いくつかの文献にも見える。パールヴァティーが嫉妬のあまりシヴァを去勢したという異伝もある。去勢されたリンガはガンガーの水に深々と突き刺さり、天を貫き、〈光の柱（ジョーティルリンガ）〉としてブラフマーとヴィシュヌの前に勃（た）つ。てことで、さっきの話に戻るんだけどね」

　酔いが回ったのだろうか？　私は急激に、彼の話に意識を集中できなくなり、彼の無邪気な笑顔やしぐさばかりをぼんやり見ていた。ずっと見ていたい。しかしそれをさとられまいと、

「シヴァ神って面白いですよね。ヒンドゥー教の代表的な神の中でも一番複雑で、部外者（アウトサイダー）的性格が強いって気がするんですけど」

　懸命に質問を絞り出すと、

「アウトサイダー的か、どうかなあ。それは〈部外者〉の定義の問題でしょう。もしかりにヴェーダに記述があるかどうかを基準とするなら、シヴァは暴風神ルドラとしてヴェーダに記述

があるからさ、たとえばクリシュナなんかの方がアウトサイダーってことになんだけどね」

「クリシュナ……ヴィシュヌ神の化身で、『バガヴァッド・ギーター』の語り手の……」

「『バガヴァッド・ギーター』もう読んだんだ？」

「毎年卒業試験で課題になるって聞いたので……和訳の文庫本だけ買いました」

片桐は笑い、

「そう。ヒンドゥー教ってのはシヴァとヴィシュヌの二大神、でもってクリシュナ信仰はヴィシュヌ教の重要な要素のひとつだけど、このクリシュナってのもシヴァ以上に破天荒で面白いキャラなんだ」

私は徳利を持ち片桐の猪口に酒をつぐ。

「神様なのにさあ、水浴びしてる女の子たちの着物隠して、返して欲しかったら素っ裸でここ来て自分に敬礼せえよ、なんてさ、『バーガヴァタ・プラーナ』にある話だけど、俺だっていっぺんやってみてえよ。余の前にては衣も羞恥（はじらい）も皆捨てて、全てを曝（さら）し身をまかすべし、そが余への信愛（バクティ）なりなんつって」

爆笑しながら猪口の酒を呑み、

「まあでも、シヴァにしろクリシュナにせよ、すこぶる雑多で、その中に互いに裏切り合う要素が犇めくのは確か。彼らの中にはヒマーラヤが、インダス川が、ヒンドゥスターン平原が、アラビア海が、森や林や沼沢や尸林（はかば）が、流れ込んでる。男で女、秩序で非秩序、抜群に魅力的で、同じくらい胸糞悪くなる存在。ヒンドゥー教ってほんと不思議だよね」

　猪口を片手に、私は頬に右手を当てた。熱い。片桐がつづけて、

「いたずらっていや、〈戯れ（リーラー）〉による世界創造って、どっかインド思想史の教科書で読まなかった？」

「はあ、あったような……」

「世界は神の戯れ（リーラー）によって創造されるって説。要するに、俺たちは自分の人生やそこから見える世界を唯一無二のものと思いこんでしがみついちゃってる訳だけど、実は、この世界は誰かが面白半分に作った悪戯（わるふざけ）なんじゃないの？　ってこと。どっか上の方でさ、誰かが鼻ほじりながらちょっとこんな奴作ってやろうか、こいつの人生こんな風にしてみよっか、ああ失敗失敗なんつって、この世界使って気まぐれに遊んでるだけですよって」

　この時点で私は、彼の話の内容がほとんど耳に入っていないことをもはや隠しおおせない状態に突入しており、彼もそれに気づいたのだろう、突然装われた大仰さで、

「ああ何だって俺たちこんなとこで小難しい話しちゃってんのよ」

　天井を仰いで叫んでみせ、

「これだからインド学ってやだね、せっかく美人と差し向かいで呑んでるってのにさ」

　からから笑う。カウンターの中に、熱燗もう一本、と景気よく叫んでから、

「ところで君、授業中も今みたいにぼけっとして教室のどっか空中とか見てるけど、男とうま

くいってないわけ？」

などとやにわに言いがかりをつけはじめる。仕方なく私は、つい最近蹴り殺しかけた男との経緯を、蹴り殺しかけたことははぶいて話す。

片桐は残った酒を私の猪口につぎながら、「別れてよかったよ、そんな、行動心理学なんてゆるい学問やってる坊やなんか。何回ぐらいやったの？　何、一回もやってない？　まあったくプライド高い女だな、どうせ今まで何かやり出しちゃあ途中で投げ出してきたクチでしょう？」

私の顔を見ながらゆっくり猪口を干し、

「いやあんがい、複雑な成り立ちを感じさせるな、その顔は……」

つぶやくように言って新しい煙草に火をつける。片手を頭の後ろに回して椅子の背に寄っかかり、壁のお品書きをながめながら、

「何だろう、だからさ……父ちゃんは酒乱で母ちゃんがパートで働いてさ、そうだな割烹着に三角巾で朝早くお弁当屋さん行って働いて、でも君の母君ならさだめし美人だろうからそのうち水商売に乗りかえちゃうんだよね、でも夜中に酔っ払いが帰ってきて騒ぐもんで二人で近所の公園で父ちゃん寝るまで待ってなきゃなんない、君はせめて親孝行しようと勉強がんばって国立大学めざす、でもがんばりすぎのストレスで拒食症になっちゃうんだこれが、何何何どうしたの」

私の手から落ちた猪口を拾いながら片桐が笑う。折しも熱燗を持って来た仲居さんが、さっきより肥って見えるのは気のせいか、割烹着をつけた藤色の和服の下ではちきれそうなずん胴をゆらし、とろ火で煮たようにうるむ細い目がうふふ、と、ひひひ、を足して二で割ったぐらいの加減で弓ぞってしりぞき、片桐が私の手に猪口を持たせ酒をつぐ。内緒話むきとはいえない店内、そこかしこで話の輪がはじけるその割烹店のカウンターで熱い酒を口に運びながら、片桐が自分にとって特別な男になってゆくのをどうふせぎようもない。率直に言って、彼には確かにある種の直観がそなわるらしく、その後もこの手の言い当てに驚かされることが多々あったが、それが私の退路を断つ形でますます彼に溺れてゆく一因となったと思われる。

底抜けの笑顔で彼が、でもさあ君ってじつは俺のこと好きなんでしょう、ねっ？　と言ったとき、何のてらいもなくこっくりうなずきかえした私の腰には、とっくの昔に彼の左手が回っている。なんという容易さ。この男が自己と外部世界とのありように関する一線の引き直しを瞬時に、そしてさも愉しげにしおおせるその手ぎわを目の当たりにした私は、終身刑の牢獄から「あれっ、まだいたわけ」と突然引きだされた囚人みたいな顔をしていたにちがいない。人と人のつながりあうことがかくも簡単だったとは。

一度として同じ時間に会った覚えがない。約束もいっさいしない。女に会いたいと思うと、現在日本時間で何時かなどと考える男ではない。夜中の二時三時にチャイムの音で叩き起こされ、ドアを開けると立っているのもやっとという有り様で廊下の壁にもたれている。いつもそれしか持っていない、学生の持つような安手の、年季の入ったショルダーバッグを肩から前に抱え、インド人がよくやるあの合掌のポーズで、

〈ナマスカール（こんばんは）〉

酒くさい息で言う。

時計はお払い箱になった。わたしたちの時間は血で計るのだ。二人とも携帯電話は持っていたが、事前連絡には用いない。それは会わないときの輸血管だ。絶え間なく血が流れる。一日三回かかってくることがある。昼間から一緒にいて、夜半に帰った直後の、まだ脈打ちのおさまらぬうちにかかってくる。ビールをがぶ飲みし、日本酒をがぶ飲みし、焼酎をがぶ飲みし、三回まじわり、夜明け前にまた私を襲う。そのとき私の鼻先に泳がせたパンツがあまりに臭いので訊くと、ごめん寝小便しちゃった、と言う。飲み過ぎるとよくやるんだよね、げらげら笑いながら私の顔を股間に押し込む。ときおり、例えば大学の同僚の言動に関しさんざん悪態をついた後など、

〈バス、バス！（もういいよ）〉

ヒンディー語で吐きすてつつ、頭を傾け右掌を振る癖がある。インドの対人販売の雑貨店で客が買い物の済んだ合図に、あるいは食事中際限もなくお代わりを勧める相手に〈もう結構！〉の意思表示をするときなど、インド人がよく用いるしぐさらしい。あるとき少なくとも三日は家に帰っていない無精髭、もつれたくしゃくしゃの髪で現れ、石鹸の匂いだけぷんぷん

させている。ズボンのジッパーを下ろし私に頼みごとをしたあと、今会ってきた女の話をする。昨日会った女の話をする。一週間前に会った女の話をする。パンツは替えずとも女は毎日替える男だった。女だらけの雑踏からぎりぎり上半身だけ引き抜いて、どうやら彼は私の手を引っ張ったらしい。彼女たちと、いずれ彼の形見をあみだくじで分け合うことになるのだろうかと考える。相手からも愛されるという高のぞみを私はすっぱり捨てる。私たちが背にしている、瞬間しかない惑星で、愛はまたたくまに蒸発するのだ。

あるとき、女ってものに、あまり高をくくらない方がいいんじゃないの、と私は彼に言う。君は何でもお見通しなんだな、と上機嫌で私に足払いをかけ、私は彼の膝の下で再度羽搏く。

朝っぱらから象牛に叩き起こされたとあっては、今日も碌な日でないことうけあいだ。だしぬけに〈カテカッテーカッテカテカテカッテー〉、素っ頓狂な声が響き渡ったのに驚いてベッドから跳ね起き、私は窓辺からゲストハウスの玄関先を見下ろした。オレンジ色のハンカチで頭を包んだ象牛が、色とりどりの花を満載した箱形荷台の前で身をくねらせ大騒ぎしている。何ごとかと出てきた家主のミシュラ氏の、バラモンちょんまげの後頭部がダメダメと左右に揺れ、片手で追っ払うしぐさが見える。みょうなイントネーションの甲高い声でなおも繰り返される象牛の叫びはガートで時おり、日本人観光客めがけて投げつけられる〈買って〉コールに相違ないが、この界隈で脱力するのがおそらく私一人なのを思えば朝早くから御苦労なことだ。花売り象牛の脇にある荷台は日本で見慣れた二輪の、運搬者が前で牽引するリヤカータイプのものではない。インドで呼び売りに使われるそれは四輪の、売り台を兼ねた箱形荷車を後ろから押す方式のもので、その理由はヴァーラーナシーに来さえすればたちまち合点される。万が一運搬者が荷物の前に立ち、車を引き始めようものなら荷台が空っぽになるのに十分もかからないことは賭けてもいい。

象牛の荷台にあるのはヒンドゥー教徒が神に供える花輪（マーラー）の堆い山で、マリーゴールドのオレンジ色、蘭の紫色、ジャスミンの白、デイジーの黄色がみずみずしい。それは日本で開店祝いにしばしば新店舗の前に立てられる、円形の枠に花を差し込んだあの飾り物を連想させ、朝陽に照り映える色彩の氾濫が、二階の窓辺に立つ私の起き抜けのまぶたの裏側で別の朝の別の花輪の色彩と打ち重なる。百合やひまわり、バラやチューリップがすきまなく差しこまれた花輪の上には〈祝・新装開店レッツエンジョイパラダイス三号店〉の札、ほとんどの店がまだ開店前の朝の商店街だ。ふいに私の鼻はけだるいにおいをかぐ。居酒屋の前に出された大量のゴミ袋、前夜の焼鳥のタレがしみた串や炒め物の残飯、飲み残しの入ったハイサワーの缶、排水溝周りに終電後の嘔吐のなごり。

知人を間に入れ、両親に協議離婚が成立したのは私が小学四年生の春、そのころすでに母は新しい男を見つけ、その男の自宅に私と移り住んでいる。

男は母が勤めていた昼サロの常連客、二度離婚歴のある実業家だ。当時数軒のパチンコ屋を経営していた。私の通学路のアーケード商店街にも、この母のパトロンのパチンコ屋があり、毎朝その前を通って学校へ行く。まだ開店前でシャッターが途中まで上がっている。一度連れて来てもらった事もあり、何げなくかがんで覗きこむと、ガラスドアごしに清掃員たちの脚と、回転するダスキンやせわしなく左右に振られる箒がちらちら見えた。

ある朝、いつものようにそのパチンコ屋の前を通りかかると、突然清掃作業員たちが脇の通用口から出てくるのに出くわした。ぞくぞくと店の前に集まって来た彼らが口ぐちに、「ったく勘弁してくれよ、忙しいのによお」「もうほとんど時間ないじゃんよ」「いっつも急に来てさあ残り五分で掃除しろっていうの？　たまったもんじゃない」憤懣を爆発させる。「あたしらパチンコなんてやんないんだからさ、台の設定変えてる間外出てろったって、意味ないってば」「こっちで掃除させといて、そっちはそっちで勝手にやりゃいいのに」よく分からないが仕事のさいちゅうに外に出ることを強要されたものか、清掃員はほとんどが中高年女性、男性は二三人だ。

その中に、彼がいた。褐色の顔におだやかな微笑をうかべ、黙ってときどき小さくうなずいている。周囲の同僚の言うことは理解できるらしい。ふだん引っ込み思案なぶん初めて目にするものに興奮するたちの私は、まったく意識しないまま二三歩、前のめりに歩いてぽかんと彼をみあげ突っ立ってたにちがいない。目が合った。彼はにっこりする。そのいかにも人なつっこい笑顔に、深い瞳の色にうながされるように私は、

「どこから来たの？」

話しかけたのに自分で驚く。普段は知らない大人、しかも外国人に気さくに話しかけるようなタイプの子供ではさらさらない。彼はぱっと顔を輝かせ、

「インド」

と答えた。他の日本人のおじさんたちとさほど背丈は違わないがはるかにがっしりした体形、精悍な感じの顔立ち、年齢はまったく見当がつかない。

「インド、暑い？」

インド人ならびにインド旅行した人のほぼ全員にむかって日本人が訊くことを私もまた口にした。彼はちょっと困ったように、

「あつい、さむい」

理解できず私がぼんやりしてると、彼は同僚に小声で何か訊き、「なつ、あつい。ふゆ、さむい」一語一語、懸命に答える。インドにも冬があるらしい。

隣りからオレンジ色のハンカチで頭を包んだおばちゃんが口を出し、「この人、ベネレーシから日本来て、最初カレー屋で働いてたけど、つぶれちゃったの」、隣からエプロン姿の別のおばちゃんが、「ベネレーシじゃないよバネラーだよバネラー、オーナーどっかに消えちゃったから、知り合いの知り合いのつてでここ来たんだって」

二人の会話を聞いた彼がくっきりした目鼻立ちをひらいて大笑いした。それから同僚にまた

何やら訊き、

「わたし、バナーラス、きます。インド、バナーラス……オール、あるいはヴァーラーナシー。わたし、なまえ、マヘーンドラ」

と言ったとき、やにわに店の中からイヤホンを付けた赤黒チェックの制服姿の従業員が駆け出して来た。親指をそらせて背後を指さし「やって」、ぞんざいに言い放った瞬間、清掃員たち全員が通用口めがけなだれ込む。

翌日私は早目に家を出る。そのパチンコ屋にいくらか早い時間に通りかかる算段である。はっきりした目的があってそうしたわけではないが、店の前まで行くやいなや当然の出来心が起こる。なんといってもここは、次のお父さんになるらしい人がやっているお店なのだし、すくなくとも私は学校好きの子供ではない。少し上がったシャッターをくぐり、半びらきの自動ドアから店の中に入っていく。

中ではおりしもモップや雑巾を手にした清掃員が走り回り作業開始しようというところ、入り込んだランドセル姿の女児に目を止める者は誰もいない。箒を手にして走るマヘーンドラが見えた。広いフロアに、背中合わせのパチンコ台が数列、その前後に休憩室やカウンターがある。無駄口を叩く者もなく二十人ばかりの作業員はただちにパチンコ台の清掃と床の清掃に分かれ、広い通路部分を機械を動かしモップ掛けする者、パチンコ台のガラスやレバー、灰皿を手早く雑巾で拭きあげる者など、全員殺気立って作業に集中する。

すべてのパチンコ台は前面のガラス部分が全開状態で、開いたガラスの上下左右の外縁部分にそれぞれ人気アニメキャラのフィギュアならびにそのキャラを象徴する品々が装備されている。その前に座る人々のひとときの至福と放心のさまが彷彿とした。私の前で一人の作業員が固定された椅子の隙間を猛烈な勢いで掃き始めたが、掃く動作にしたがい箒の柄がガラス扉の外縁の綾波レイやガンダムや水戸黄門にカンカン当たり、また台の下にはしばしばパチンコ玉が落ちており、一つ一つ拾ってから掃いているのがいかにも億劫そうに見えた。

　ほぼ同時に通路をへだてた隣りの列を掃きはじめたマヘーンドラを見ると、彼が掃いている台のケンシロウやルパン三世やキン肉マンは彼が作業にかかるや否やすっ、と身をそらせてしりぞき、床に転がっているパチンコ玉は彼の手をわずらわせる前に羽が生えたように飛び去った。一度身を屈めた拍子にマヘーンドラの手から箒の柄が離れたが、床に倒れる直前、にわかに箒が立ち上がって彼の掌にすいこまれ、滞りなく清掃作業は続行された。休む間もなく足早に別のセクションへと移動したマヘーンドラは如月ハニーの胸の谷間部分に汚れを発見、ただちに雑巾を手にきびきび清拭し、つづいてガラスを拭きあげるさい勢いあまって雑巾が落下、私のかぶっている小学校の制帽と同色のそれは床に到達する直前なめらかにU字ターンしてぺたりと彼の手にもどり、彼もそちらに一度も目を向けることなく作業をつづけた。以上のような現象が続けざまに私の目に映ったが周囲で作業する人々はいっこう気にするけしきはない。彼の一挙一動の周囲にぴったり寄り添うごとく別の手足が作動しているようにしか見えないその不思議な光景に見入るうち、時おりちらっ、ちらっとごく薄い桃色の輪郭の浮き上がる瞬間があることに気づく。それまで見たこともない、巨大な木の切り株から手足を生やしたみたいなずん胴の生き物が横着そうに長い鼻状のものをのたくらせ、床のパチンコ玉を左右に弾き飛ばしたり、パチンコ台のガラス扉を片寄せたり、落ちてきた雑巾を空中でキャッチして投げ返したり、といった身ぶりの連続のようだが目をこらすとただちに消える。マヘーンドラの足もとから勢いよく転がった数個のパチンコ玉が、反対側の台の前で箒を使っていた同僚のおじさんのサンダルの下に転がり、あやうくおじさんを転倒させそこねた。

次に気づいたとき私は路上に立っている。「いらっしゃいませいらっしゃいませ、押さないで！　押さないでくださあい！」若い男性店員二名が絶叫、おりしも十時開店のゴングが打ち鳴らされた瞬間だ、まだ半開きのシャッターをくぐる客、店員の制止を振り切り店になだれこみ、席を争って殴り合いを始める客、シャッターが上がりきったところを改めて見ると、大音量のＢＧＭの鳴り響く店内に清掃員のすがたはない。玄関わきに〈祝・新装開店レッツエンジョイパラダイス三号店〉の札の掛かる大きな花輪、統一感のないおびただしい花が押し合いへしあいする。そのとりとめのない色彩の氾濫をながめる私の脳裏に、マヘーンドラの褐色の肌いろと稚気の残るくったくない笑顔、あやしげなしもべを使役するありさまが同時にうかんだ。

インドってどんな所なんだろう、ぼんやり思う。彼の暮らしていたらしい街の名、ベラルーシだか何だか、その名前を頭に蘇らせようとしてできず、今度会ったらマヘーンドラに訊こうい。

と思った。翌日掃除に猪突猛進する人々の中に彼の姿はなかった。以降、その店で二度と見なかった。

ともあれ、そのパチンコ屋経営者だった新しい父、母とは事実婚状態で籍は入れてなかったらしいが、義父は私をとてもかわいがってくれた。

広い家に母娘二人を住まわせてくれ、継ぎのあたった私の制服を買い替えてくれ、週末は遊園地や映画へ連れて行ってくれ、毎日駅前でケーキを買ってきてくれ、毎晩いっしょに風呂に入りたがった。私が嫌がると、いったんは譲歩するものの入浴中にしきりに私の用を足したがり、

「おい石鹸あるか?」
「シャンプー切れてたんじゃないか?」
「ああ、中に髭剃り忘れてた」
「背中流してやろうか」

その場その場の思いつきを口にしながら、装われた自然さで入浴中にしばしば浴室に押し入ってくる。それにとどまらず、私が部屋で着替えのさい、気配でふりむくと少し開いているドアの隙間から義父の目が光っている、就寝中、心づくと薄闇の室内に義父がじっと立っている、あるいはごくゆっくりと上掛けをはぎとったのち添い寝すべく足を入れられかけている、などのできごとが度重なる。

母の態度はどうだったろう？　声にならない悲鳴をあげ浴室を飛び出したとき私が見たものは、無表情のまま背を向け、静かに洗濯物をネットに入れている母の姿だ。思春期に入ったばかりの女の子がとまどいながら、途切れ途切れに口にするつたない訴えを、ものの見事に聞き流す。母の態度に、彼女のこの結婚への期待の大きさを見ることは間違いではない。それまで働きづめに働き、ほとほと着替えに疲れた母としてはもはや逃すことなど考えられないその金づる、新しい夫への私の苦情など無視するにしかずと思いきめた心情を理解したいのは山々である。だがこのような急拵え（ごしら）の家庭もどき夫婦もどきというものが、抵抗力の低下した肉体同様、軽微な傷であっけなく化膿するのは世の常だ。義父がほとんど家に戻らなくなるまで半年もかからない。

ゲストハウス一階に降りると、午前の太陽が差し込む玄関ポーチに置いた椅子にミシュラ氏と奥さんが座り、
〈ナマスカール、アープカエシーヘーン？〉（おはようご機嫌いかが）
愛想よく呼びかけてくる。私も胸の前で合掌し〈ナマスカール〉（おはよう）、バナナの樹の脇の玄関を出る。角を曲がると、目の前を痩せた小さな犬が歩いている。
ヴァーラーナシーの路という路を、ありえない数の野良犬が往き来し、ほとんどの犬の背中が爛（ただ）れている。茶色や白や黒、ほんらいの毛並みが背中の一部のみ甚だしい浸食をうけ、むき

みの肉が線状あるいは帯状にはみでている。舌のとどかない範囲なのだ、せめて爛れつくすことでこの圧倒的不浄を灼くのか。

いま私の目の前を歩く犬も背中が裂けている。中心に鮮紅色を包み、周縁へゆくにしたがい光沢のある鉄錆色へと暮れる肉を膿が深ぶかと食いしめる。それは西瓜めく。西瓜のタネは白い、白いのは蛆虫（うじむし）、蛆虫が蛆虫を呼び、やがて沸き騰（あが）るように蠅へと移行し、この犬がどんなに早足で駆けようが出しぬくことはできない。さだめし朝に昼に夜に舐めて、舐めて、舐めようとして悶える鼻先でみすみす傷は悪化の一途をたどり、結果背中は鍋として煮えはじめる。たちまち鍋いっぱいの膿。うめき声ひとつ発するでもない、埃っぽい半舗装道路を行きながら、時おり耐えがたくなると犬は、みずからの不如意の部分に懸命に頭をふりむけ、歯と舌でむなしく蠅を追おうとする。

おそらくこの犬は、残りすくない一生のあいだずっと背中にこの鍋を運びつづけるのだ。くらくら煮えるこの鍋を背負って路地を行き、危険な車やバイクやサイクルリキシャーや水牛や獰猛な人間を避けてびくびく小走りに往来を行き、せめて暑熱をのがれようと排水溝の真っ黒な水に体をひたすことでさらに化膿を速める。みじかい生ののこりの部分をすでに腐敗の手にゆだねてしまった、ほんらい死の瞬間から開始されるはずの過程を一部先取りしたそれは背中らしかった。

瘦せこけた犬の鍋を見ながら、思い出す。遠い鍋、私じしんの鍋を、左膝の鍋の煮えるにおいを。

結局、一年足らずで終わった母の二度目の結婚生活末期、義父との関係が修復不可能となるにつれ、母が自身の人生に対し初めて一種の不公平の感じを持ったとしても不思議ではない。母は再婚以来やめていた煙草をまた吸いはじめている。そもそも母の私に対する態度は、生活に精いっぱいだったこともあり基本的に放任だったと思う。だが義父が私に過度の性的好奇心を示しはじめたことから、母と私の関係は決定的な変容を蒙ることとなった。さしあたりそれは、母が私の帰宅時間や立ち居振る舞い、食事の仕方など生活の細部につき、たびたび声を荒らげるようになったという形をとる。その叱責がじょじょに激しさと理不尽さを増し、義父がめったに家に戻らなくなって以降はいささか度を越すものとなった点を見ても、母の感情が単なる鬱憤晴らしから、私を諸悪の根源とみなすことに救いを見出す方向へと転換した事情がうかがえる。

「どうしてにんじんを食べのこしたの？」

「どうして自分が使った皿をちゃんと洗わないの？」

「どうしてすぐにテレビを消さなかったの？」

義父の帰らぬ夜、私の一挙手一投足を矢継ぎ早に言いつのる。ある夜、たまりかねて部屋に逃げようとする私の手をつかもうと母が前にたちふさがる、そのさい母が手にしている煙草の先が、偶然私の左ひじ近くにふれた。

その瞬間の、降りる駅を間違えたような母の顔をおぼえている。だがその次から母は平気でその駅を乗り降りする。瞬間に私が見せたおびえた顔、そのことがこの交通手段の有効性を証明したからである。

「どうして今日帰ってくるのが遅かったの？」

「どうしていつもお母さんに口ごたえするの？」

「どうして保護者会のプリントを隠して渡さなかったの？」

「どうしていつもいつもご飯を食べるのが遅いの？」

そんな責め言葉を口にしながら、煙草を私に向けて構えるように持つのが常になった。母の態度の変化を見ていると、人生の最初期からつづいてきた何かがとつぜんある種の作用を持ちはじめ、母の中に執拗な讎を生みだしつづけていることを疑わせた。なぜあてがわれた人生がこれでなければならないのか、ひとたび合点がいかないとなれば落としどころが難しい。不幸な結婚生活の波間に見え隠れする私の頭を、足で水中に押しこむ以外のことができなかったとしても、彼女を責めるべきではない。

そんなあるときのことだ。いつ果てるともしれない叱責のさなか、母の煙草が突然私の左膝めがけて突き出され、あっという間に皮膚を焼いた。私はなかばキョトンとしている。反射的に母の表情を見ると母にとってもそれが意想外の出来事と知れたが、その瞬間、どこにもない国に迷いこむ角をまがったように感じた。翌日膝の火傷はどす黒く変色、数日後、にわかに皮膚がぼろぼろになったと思うとそこからおびただしい黄褐色の汁がもれてでた。嗅いでみると汁はたいそうくさい。はずみで焼かれたそこが、突然の御指名に恐れ入ったのかたちまち膿んだのだ。膿んだ左膝は、すみやかに膿汁の鍋となり煮えくり返る。私は泣かない。その習慣がない。うめき声ひとつ発するでもない、そのぶん思いと涙と鼻水が皮下を流れ、たまたま膝にあいた窓から一挙にふきこぼれたのだ。体内でもてあました塩分を排出するためウミガメが空涙をながすように。

放課後、家に帰りたくなくて、校庭をほっつき歩く。ボール遊びする同級生たちは、教室でほとんどしゃべらない私に声をかけない。裏門にほど近い場所に立つ、大きな樫の木が、自分の上で休むよう申しでてくれなかったら何百周へめぐっていたかしれない。ぎりぎりのばせば私の足がかかるところまで枝をさしのべ、「ようおこし」と言わんばかりに左右に揺れたのでお断りせずのぼった。その日以来、学校から家への道々、なるべく道から離れた人目につかないところに立っている樹に訊ねては、毎日その上にのぼってすごすようになる。木の股に座って下をながめ、葉ごもりに樹の吐く空気を吸い、私の吐く空気を樹に吸われるうち心が落ちついた。

その日は自宅に近い公園にある樹にのぼり、日暮れを待っていた。お母さんが樹の下に来るのが見えた。はじめてのことだ。煙草を吸いながらぼんやり立っている。赤に近い茶色に染めた母の髪の生えぎわが見えた。私の鼻が女性用毛染めの匂いを嗅ぐ。そのつんとした薬品臭と左膝の膿の匂いが嗅覚の中でまざりあい、いやおうなしに膝の鍋の原因を思い出させた。あの日、母に言われ私はスーパーで女性用毛染めを買って来て、母は手袋をつけ自分で毛染めをした。染めている間に「ああ酔った」と言い出したのは毛染めの成分で気分が悪くなったらしい、「あんたがちゃんと選ばないからだ、売れ残りの不良品を買わされたんだ」、いつになく左膝にひどい仕打ちをされたのは八つ当たりの、言いがかりのような叱言のすえだった。木の股にすわり、木の暮れ闇からお母さんの髪の分け目を見ているとだしぬけに至近距離で爆音が鳴りわたる。驚いて目をむけると小さな屋台らしきものが通りかかり、お母さんは何も聞こえないように煙草を吸いつづけている。リヤカー後部に載せた拡声器から流れる「わらびーもちー」の連呼は音が割れてほとんど聞き取れず、樹の上からは見さだめがたいがリヤカーを引くのはティーポット形の太った男、左右に長い鼻をゆらすように見えたのはそのとき急速に降りてきた夕闇と、ジーンズ地のエプロンの紐の長さが足りずぶらぶらさせたままの男のずん胴がたなびかせた桃色の靄のみせたまぼろしだろう。屋台を見送り、ふと自分の手もとに目を落とすと右手に大きな石が握られている。なぜそんなものを持っているのか、私は石を見た。石は目をそらせた。お母さんを見下ろす。この石でお母さんを二つに割ったら、煙草を持ってない手のほうのお母さんとくらそうとぼんやり思う。

その朝私は暗いうちに宿を出て、最寄りのアッシー・ガートへ行く。

払暁前のガンジス川を見おろす。かなり肌寒く、セーターを着てこなかったことを後悔する。川の中では夜の色の頭がぷかぷか浮き沈み。おぼろな光の中では、人か水牛かも見分けがつかない。朝だ。ガンジスだ。岸辺ではインド人がぶくぶく石鹸の泡たてて体を洗う。髪をすすぐ。老人が沐浴する。その隣でゆったり水牛が泳ぐ。サリー姿の女性が食器を洗う。短腰布（ルンギー）や長腰布（ドーティー）を洗濯する女。全身に大きな布を巻きつけ、歩き回りながら歯を磨く男。アッシー・ガートを川側から眺めるとき、高い尖塔をもつドゥルガー寺院から石段が一気になだれおち、広いコンクリートの堤防部分を経由してさらに石段が、ガートの水際へと導く大きな階段状の構造をもつのは他の多くのガートと同様だ。

私はアッシー・ガートのコンクリートの堤防部分からいったん町へむかう方向へ少し戻り、舗装されていない道を右手に歩き出した。ダシャーシュヴァメード・ガート等とは反対の、南側の上流方向だ。その周辺の岸辺は主要ガートエリアとは趣の異なるのどかな生活の場で、数十頭の水牛と牛が塀の外につながれた水牛小屋を通り過ぎた。今日は私をガンジスの水辺責めにすることになった元凶の〈シヴァの三つの聖地〉、その始点であるガンジス川とアッシー川の合流点を探すつもりだった。

私を朝まだきの岸辺へと押しやったもの、それは第一にそもそもの片桐とのなりゆきの契機となった〈シヴァの三つの聖地〉をこの目で見、とりわけかつて一心不乱に読みふけった、数々の片桐論文中に見えるきわめて印象的なその叙述内容を現地で確認したかったこと、第二に私が象牛に飽き飽きしていたことだ。

片桐論文「中世祭式文献における穀物料理」において泥の岸辺から命からがら逃げて来る素っ頓狂な象牛が描かれることから鑑みて、そこが象牛の鬼門であることは確からしい。逃げ帰った象牛の三肢の先が食い欠かれていたという同論文の記述は、リンガ茸が象牛を嗜食することを推測させる。加えて、右の部分にはそのリンガ茸と象牛の異常接近に起因するピンク色の象牛の増殖次第が描写されているが、この桃色(パータラ)象牛の分泌する幻(マーヤー)の量が法外であること、またしばしば特殊な形式によりそれが発揮されるといった点につき、同論文中の別の箇所では後期プラーナ文献の記述が存在するとするものの、註をつけ忘れたのか具体的な出典に言及はない。

　ともかくもこの泥の岸辺にまで象牛が入り込むのはとんと見たことがない、まちがいないと昨夜ゲストハウスオーナーのミシュラ氏はいつものごとくそう断言、連中もよもやここまでは追ってはくるまいと私は考えたのだった。時刻に関しては、ガートに行くなら早朝にかぎる、美しいし空(す)いているからというミシュラ氏の忠告による。だがそれにつけても、自らの選択と思わせてまんまと人を繰る業の力、ならびに我々にとって唯一無二のこの人生や世界がしょせん神の悪戯(わるふざけ)だという思想に思いを致すとき、この地がインド最大と言ってよい聖地(ティールタ)である点はとうてい軽視できない。私はヴァーラーナシーに巡礼にやってきたのではない。ヒンドゥー教徒でもさらにない、だが三日月形に水が蛇行するこの岸辺で、現にこのシヴァの額を堂々巡りしはじめようとしているではないか、それがヴァーラーナシーに足踏み入れた者の逃れようのない宿命なのか、つらつら考えつつほの暗い中、両側に人家のある、岸辺を見おろす土の道を私は歩く。

　軒のひくい、出入り口に布をたらした石造りの家がきれぎれに続く。埃っぽい道をしばらく行くと、波型トタンで囲ったエリアと石塀とのあいだに、右手から細い土管が通っているのに気づいた。

　それは左手へ、ガンジス川に向かい降りてゆくらしい。もしかしたらこれがアッシー川ではないかと私は思う。

　土管を追うかたちで左手の空き地に入ってゆくと、犬と豚と鶏のいるゴミ捨て場のあたりで、なかば地上、なかば地中にうもれつつ続いていた土管が突如水路に姿を変えた。アッシー川の最後のひとたらしが地下から姿をあらわしたのだ。ギザギザに掘りぬかれた、ゴミと苔だらけの狭い水路の底をしめらす乏しい細流を追って私はガンジスに向かって降り、ついにそれが満々と水をたたえるガンジス川にちょろちょろ流れ入るのを見とどけた。

　アッシー川のひとたらし。ありていに言ってこの流れがアッシー川だか何川だか分かりはしない。だがこのさい事実関係は二の次だった。乾期のアッシー川は「さながら排水溝にむかいしゃがみこむ老人の座り小便をおもわせる」との片桐『宗教都市ヴァーラーナシーの朝』の記述、また周囲に他に川らしきものも見当たらないことから、ここがガンジス川とアッシー川の合流地点らしいと私は思いきめる。
〈シヴァの三つの聖地〉第一の巡礼地だ。

左手には大きく川筋がカーブした彼方、アッシーの先にあるバダイニー・ガートの、煉瓦いろの円柱に鍋のふたを伏せたような給水塔の建物がうっすらにじむ。

右手にガンジス川を見ながら、私はアッシー・ガートにむかって歩きはじめた。水ぎわで水牛が三頭、めいめい水鳥を二三羽あて頭にのせ、顎をうごかしつつこちらを見る。はるかな前方に、夜明けの巡礼舟がアッシー・ガート近辺で纜をとくのがおぼろに見える。左手の急斜面をみあげると、ハヌマーン寺院の赤褐色の尖塔が空を刳る。ほど近くに立つ数本のピッパラ樹の葉叢に猿のものらしき手足、尻や頭の先がちらり、ちらりと見え隠れする。いったい何匹いるものか、消えては結ぶ水泡のごとき色かたちを前に、個体を数えるなどという行為はもろ手をあげて降参するほかない。

その直後、じょじょに明るみをます岸辺が、一面つくしを大型にしたような生物に覆われれはじめたのに私は気づく。それらは全体的にはくすんだ赤系統の色を示し、ピンク色のものもあれば赤紫色のもの、夕泥みのような赤黒いもの、てらてら黒光りをはなつものもある。上部はマツタケに酷似し、下部に肉厚の舌がからみついて一巡し前方につきだす。

リンガ茸とは俗称であり、大型の菌類を擬態したまま元に戻る潮どきを逸した動物の一種である。

その名の通り、ヴァーラーナシーの代名詞たるリンガに瓜ふたつでありこちらも雌雄同体、だが仔細に見るとき造形的にリンガ茸のほうが、色といい形といいはるかに力強いリアリティに満ち溢れることが察せられる。うっすら涙ぐんでみえる傘の先端のくぼみにしても、背中のファスナーめいた裏筋にしても、下部の襟巻状の肉の土手がすねてみせる女のくちびるのようにうごめき、ときおり粘液がとろとろ落ちるさまにしても、無料（ただ）見するのが申し訳ないようだ。必要に応じ自在にサイズが伸縮する点にも恐縮だ。コンクリートの遊歩道から遠目に眺めるとき、土の岸辺いちめんに生えた指が、みずからを曲げ伸ばしして人をさしまねくように見える。いわば造物主の私書箱に届いた誤配物である。

左手のハヌマーン寺院の方向で、またちらっ、ちらっと視界の隅を猿の四肢の切片が左右同時に横切った。

他の動物ならいざ知らず、やはり猿ともなると特殊な事情が生じるらしい。人にとって迫真的であるものは猿にとっても感動的なのだろう。まもなくアッシー・ガートにいたる手前で、リンガ茸との夜を終えた猿の屍体が泥の岸辺に点々と転がるのを私は見た。アッシー・ガートに近づくほど、川岸には花輪からほどけた花びらや各種ゴミが急激に増え、その合間に濡れた猿の痩軀がいりまじる。

そのとき、一日のはじまりの光が射した。

対岸の砂浜のかなたから、亜熱帯特有の内臓いろの太陽がにゅっ、とはみだす。私の足もとの、まだ生前の艶をうしなっていない若い猿の灰褐色の毛並みを真っ赤に染める。リンガ茸は複数の個体がひとつの生殖系を形成する。つまり二個体あるいは三個体、あるいはそれ以上のリンガ茸が、猿を共有することで種のやりとりをする。猿は中間項として利用されるのみで、生殖による創造的行為には関与しない。またこのことはリンガ茸の分布が、近在に猿神を祀った寺廟ないし祠があり、猿が放し飼いされている地域に限定されているという事実にも合致する。すなわち第一にこのガンジス川とヴァルナー川との合流点付近、第二にハヌマーンガリー・ガート周辺、第三にガンジス川とアッシー川の合流点付近、以上の三地域だ。つまりリンガ茸生息地域は〈シヴァの三つの聖地〉と一致し、周辺はコンクリートで固められていない土の岸辺が残された地域である。

　この稀有の愛の狩人と猿のもつれた関係は古く、プラーナ文献や中世以降の美文芸作品（カーヴィヤ）にもそれらを諷するとみられる表現が散見される。先のリンガ茸の生態・分布等に関して片桐『愛のインド思想』からの受け売りついでに、同論文の参考部分にリンガ茸と猿の宇宙的交情のありさまをうたった詩の翻訳が挙げられていることを指摘したい。註によれば片桐がインドで偶然入手した近代の写本の余白部分に、何者かの手により書き込まれていた詩である由、作者不詳かつ出典不明ながら、詩人の魂が感得した巨大銀河が繊細にして大胆に表現された優品であり、ここに紹介するものである。

猿と茸の邂逅は
うばたまの髪をおろして眠る
恒河（ガンガー）のまくらべ
雄の情（こころ）に応化（おうげ）する茸は
柱をつづめ胎の花びらひらき馥郁（ふくいく）たる〈夜の女王〉
雌がためには〈闇の良人〉
柱を鶏羅山（カイラーサ）のごと屹立せしむ

未曾有の愛技に蕩けくずるる刹那
万物覆う無辺の闇に
猿の拝すは天地貫く光の柱（ジョーティルリンガ）
極見さだめんとて
猪形なし地掘りゆく毘紐天（ヴィシュヌ）
鵞鳥駆りて空ゆく梵天（ブラフマー）

猿惚（とろ）めきのしじまに一夜の愛の巡礼す
茸より茸へ　飽くことなく

新たなる愛求めんとて五体投地で這いすすむ岸辺
半男半女神（アルダナーリーシュヴァラ）に飲まるる猿
乳いろの渦を吐き
熱渦の星辰たゆたう夜を攪拌す

猿は茸を伴（とも）に万物のさだめをうたえり
歌声此岸より彼岸に水面爆ぜ渉（わた）る
猿感ず　己が身内に何ぞ入り何ぞ出てゆける
茸は種水の到来知るや
クシャ草の葉のごと伸びて猿が心臓つらぬけり
恍惚溢るる口より愛の指突き出て天をさせり
ここにて始まりき　妙なる生命のいとなみ

高い評価を受けた片桐准教授の同論文は、各自の専門分野にかかわらず全学生の必読論文たることがなかば不文律であるためか、誰かが無断で持ち出したらしく研究室の所定の場所にも図書館にも見当たらない。研究室における片桐の微妙な立場や周囲の感情等に思いを巡らせるとき、あるいは嫉妬から何者かが密かに持ち去り自宅の鍋敷きに用いている可能性も皆無とは言えないが、本人に言うとその晩に持ってきた。二人で会いはじめたころだ。

本当にガンジスの岸辺にこんな猥褻な生き物がいるのかと訊くと、これが猥褻ならヴァーラーナシー中のリンガというリンガにパンツ穿かせなきゃなんないだろ、とげらげら笑う。翌日午前中にインド哲学文献講読の授業があるため明け方に帰って行った。ドアから片桐を見送ったあと、私は彼の不在をうめるように論文を手に机にむかう。翌日真っ赤な目で午後の授業に出るが、心中は片桐への敬慕で惚けたようになっている。学生の一部には片桐を殆ど崇拝する向きもあるようだが無理もないだろう。あんな論文は読んだことがない。その後研究室の書庫や文学部図書館、総合図書館、はては片桐に紹介状を書いて貰って彼の前任大学の研究室やその図書館、あるいは近在の区立図書館までせっせと巡って彼の論文やエッセイを借り出し、そのすべてを貪るように読みあさった。

おびただしい蝶が伽藍から火の粉を撒きひしめき出てゆくような、ガンジスの夜明けを見ながら、私はだまって岸辺を歩いている。

すぐ足もとで、夜っぴて猿を嬲りつづけた指が、そっと若いけものの死骸を押しやるのが見えた。

指から指へ、ほほえむような猿の死骸が水辺へとすみやかにうながされ、だが水際の石の突き出た部分に引っかかり、動かなくなる。するとリンガ茸の一匹がみるみる赤ぐろく怒張し、すばやカイラーサ山のように聳え立ったかと思うと開ききった傘の部分で猿の体をひっかけ、すばやく水の中へと弾きとばした。はずみで猿の顎の蝶番がはずれ、綿の実がはじけるようにその顔面の微笑がたちまち馬鹿笑いへと笑み割れる。利己的な情人に見送られた猿は、ビニール(プラスチック)袋やオレンジの花びらが浮かぶガンジスの水に、なかば浮きなかば沈みつつ流れ、見えなくなるその瞬間まで私に大笑いを送りつづける。猿の顔にべつの顔が打ち重なる。私の顔をじっとのぞき込み、視線をしっかりとらえてから不意にくしゃっ、と破顔する男の顔だ。

白い歯が月光にかがやく。その顔だちが言う。いま、自分が水の中にいると想像してみなよ。きみは青い海原の真ん中にいるよ。底に足がつかない、手でつかまるものが何もない、だからってじたばた慌てちゃだめだ。いい？　なまじ泳ごうとするから溺れる。

全部、手から離すんだ。たすかりたい、生きたいとしがみつくこころから手を離す。ばんざいのかたちに手をあげる、いい？　ばんざい。南の海を、暖流にのってぷかぷか環流しつづける丸太ん棒みたいにさ。頭のてっぺんから、すこーんと、力をぬけばぽかりと浮く。浮くようにできてんだよ、人間の体は。男と女もまぐわうようにできてんの。ね。おれのこと、きみのここは。これじゃ指も入んないよ、とからから笑う。

その夜、はじめて片桐を自分の部屋に招じいれた。あの展覧会に一緒に行った日だ。

私のアパートは天井に明り取りの窓がついていて、満月の光が皓々とさしこむ。男が広大な夜を背負って私を抱く。私は男と夜の重みにうめく。まだじたばた羽搏こうとする女の体を血まみれの男の膝が押さえつける。土壇場の裏声を聴きながら、無駄のない所作で股から一文字に肉を裂く。迷いのない手が羽や蹴爪や内臓、不要なガラクタを傍らに放り投げてゆく。月の光の中で、ベッドの脇の血みどろの山が黒い。シーツの上の一滴の血は夜より黒い。男の左胸にぴったり耳を押し当てる。水をへだてて聴くやすらかな鞭打ち。自分が指導教官をつとめる博士課程の岩本信也が、私を食事に誘いつづけていることを彼は知っている。私は彼の髪に掌をさしいれる。彼の髪は剛く密生したくせっ毛だ。ごわごわにうねりもつれた髪を掻き回す。そのとき何かが私の中から垂れながされているのに気づく。何か分からないものが自分から流れでる、それが男と寝ることだと私は知る。人生の最初期、人間は垂れ流すことを禁止されることで人間となる。生きることは、自分に無数の蛇口を取り付けることだ。だが赤ん坊のときと同様、初潮の日から垂れ流し、女となった今日からまた垂れ流しなのだ。私のふとももの内側を伝う愛のヨダレ。一口めに全部があると知っていながら、なぜあわてた猿みたいに呑み込むのか。

　腰から下が、香辛料ばかりで具のないしゃぶしゃぶの汁みたいになって、私はガンジス川の泥の岸辺に座りこむ。あの、心のすべてを奪おうとする、卑劣な愛の地曳き網。そのとき体の平衡を失してあやうく泥の中にのめりそうになる。右手を地面に突くとすみやかに手首まで泥の中にめり込んだ。あたたかくなまめかしいしめり気が私を包む。身体をよじり、どうにか体勢を立て直して立ち上がった。見回すと、いつの間にかかなり低湿な地帯にまで足を踏み入れてしまったらしい。何度か泥に足を取られながら土手までたどり着く。

そこに立ってあらためてふり返ると、ずっと土手近くの岸辺を歩いていたはずが、何ものかに誘いこまれたごとくうかうかと泥の最深部にまで侵入していたことを知る。私は息をつき、ハンカチで右手を拭ってから街の方角へ歩きだす。リンガ茸にはあまり深入りしないほうがいいようだ。

毎日ゲストハウスの客室を掃除に来る雑役婦(ノークラーニー)がその朝、私が袋にまとめて出したゴミの中に血の付いたナプキンが混じっているのを発見し金切り声をあげた。

オーナーのミシュラ氏は玄関脇のバナナの樹の下で、棕櫚を編んだ椅子に座って読んでいた新聞をテーブルに置き、彼女は雑役婦(ノークラーニー)であって便所掃除人(スイーパー)ではないからそういったものはすべて自分で捨ててくれと言った。どこへ？　と尋ねると、どこへでも、そこの角を曲がったところに空き地があると答えた。まだ不正出血が続いている。この町には家庭ゴミの回収がなく、ゆえに人々は往来や空き地にゴミを投げ捨てる。朝に昼に掃除人が街や溝を掃除しているのを見かけるが、ろくに歯を磨かない人が爪楊枝で歯糞をせせるのにも似て、さほどきれいになったように見えない。

空き地は突き当たりの雑貨店と雑貨店の間にある。右手にポンプ式水道があり、その周囲は円形コンクリートの三和土になっていて、片手でハンドルを押しては水を出し一日中誰かが体を洗ったり髪を洗ったり野菜を洗ったりシャツやサリーを洗ったりする場所だ。空き地の正面に寺院の塔が見える。あらゆるガラクタと混沌の押し寄せる中、蠅と蚊が元気に輪舞をくり返し、犬や山羊や豚や牛や象牛が餌をあさっている最中だ。特定の場所に今日はグリーンピースの莢、今日は茄子の皮、今日はキャベツの芯、と毎日違う野菜屑が捨ててあるのは彼らのビュッフェだ。

ほどなく腹痛が私を探しあて、憂鬱が凝る下腹を押さえながら私は血で持ち重りのするビニール袋（プラスチック）を空き地に放る、すると袋が下に落ちるか落ちないかのうちに、正確に察知した落下地点で掃き溜め象牛が待ち構え口で受ける。すぐさま袋を丈夫そうな牙で裂き、さもうまそうに頬張った。空き地いっぱい、赤や青や黄色の絵の具をぶちまけたようなゴミの色彩の混乱の中にあっても、それは太陽のように目を射た。血のついたものやトイレ周りのものをとりわけ好む象牛がいるとは知っていたが、なるほどその象牛は血色のよいつやつやした肌をしている。ヴァーラーナシーに来て以来ピンク色の象牛を見るのは初めてだが、ことによるとこれが片桐論文に見える例の桃色（パータラ）象牛かもしれないと気づく。ぐびりぐびりと象牛の喉が動き、横腹の皮膚がなめらかに波打つ。私の経血つき綿が象牛のピンクの内臓ふかく仕舞われてゆくさまを思い浮かべる。象牛が私を見る。うふふ、と、ひひひ、の中間あたりの頃あいで笑う。赤ん坊と老人、月経中の女だけがおむつをする。蛇口の散策。立っている私の後ろをでこぼこ道に激しくジャンプし、クラクション鳴らしっぱなしのバイクや車や自転車がひっきりなしに往来、塔の方角から執拗な讃歌（バジャン）と鳴り物の音、白い長衣の老人が左手の溝に向かいしゃがみこむ。

長腰布（ドーティー）の脇からひねり出して座り小便、ついでに手洟をかみ捨てる。人間の魂のゆくあても、ひっきょうこのような場所なのかもしれなかった。何もかも垂れながされる魂の排水溝の、三日月形に蛇行する場所、ガラクタと食い残しと糞尿のヘドとドロがにっちもさっちもいかずとどこおるところ。だがそれは、いずれにせよ浅瀬（ティールタ）にほかならない。ひとつの魂にひとつの浅瀬（ティールタ）、それがどんなに下等でむさ苦しく鼻の曲がりそうなぬかるみでも、この世で自由になれるたったひとつの場所なのだ。

今日は〈シヴァの三つの聖地〉第二の巡礼地ハヌマーンガリー・ガート周辺めざし、説明のしやすいダシャーシュヴァメード・ガートまでサイクルリキシャーで行くことにした。

価格交渉いっさいなしで乗り込み、降りるさい十ルピー渡そうとすると、果たしてリキシャーワーラーの男は大仰に手を振り三十だと文句を言い、突っぱねるたびに二十五だ二十だと下がってゆくが構わず座席に十ルピー放り投げ歩き出す。ここに三日もいればこの対応がもっとも賢明と知れる。

ダシャーシュヴァメード・ガートはアッシーから二キロあまり、南北に延びるガート地帯（ベルト）全体から見れば南寄り三分の一ほどに位置する。ガンガー巡礼における最重要ガートの一つであると同時に、西側に延びる街区はヴァーラーナシー随一の繁華街、なおかつガイドブック片手の外国人バックパッカー御用達の安宿や雑貨店、レストランが密集する区域を含み、観光の目玉となっていることもあって「メインガート」と通称される。

私は巡礼者と外国人観光客とそれ目がけて押し寄せる有象無象の人の流れを抜け、ガンジス川をのぞむ場所にいたる。いくぶん海水浴場を連想させる色調と稠密さのパラソルがどこまでも重なりあう光景を眼下に眺めながら、メインガートへつづく石段に座りこみ通行人に惰性で手を差し出す物乞いと象牛の墓石のような並びを右へ左へ避けつつ下り、コンクリートの岸辺に出るとただちに左折、ハヌマーンガリー・ガートめざしガンジスを右手に見ながら下流方向へ歩きはじめる。

　この近辺ではとりわけ、川は大きく湾曲して入り江のような曲線をえがく。バーラージー・ガートのあたりからパーンチャガンガー・ガートにかけてのガートには十メートル以上ありそうな長い竹竿が、天の巨きな掌が束ねたように大まかに乱れて並び、先端から根元にむけて張られた紐に竹籠が宙づりになっている。竹籠の中にはおのおの小さな陶器の燭台が入っており、礼拝（プージャー）の夜に懸ける天地の通い路となる。

　ヴァーラーナシーは三千年の歴史を持つが、ガート地帯（ベルト）に面したすべての建造物は十八世紀を遡らない。シヴァに成り代わったムスリムの破壊の三叉の矛の烈しく打ち合わさる音を聴いたのち、王侯貴族たちがこぞってガートを土の岸から石造りに整備して邸宅や寺院を建て始めるのは、ヒンドゥーの藩王（マハーラージャ）が君臨した十八世紀以降のことだ。

　ガート沿いの道は、白いコンクリートの照り返しで息苦しい。冬にあって、季節を睥睨（へいげい）する亜熱帯の太陽は老いる気配もない。パーンチャガンガー・ガートのうねりあがるような石段をみあげる。耳を聾する無音の中で急峻な段々から時間と空間が後先になだれおちるのを聴く。石段の途中に母山羊が立っている。生後一か月ほどに見える仔山羊が二匹、その腹の下に顔を突っ込む。腫れあがった犬の睾丸みたいな乳房の桜いろの呑み口が、あまりにふっくらとしねくね逃げるのを、激しく突くように吸う。この時期のインドは、まるで地球の裂けめから噴きだしたような動物の仔であふれかえる。その有り様をみるたび、彼らがたったいま肢を引きぬいてきたばかりの闇のことを思わずにいられない。

私の中で、暗い部屋にともる灯明が揺曳する。

前日近在に落雷があった、という市営葬祭場の職員の説明通り、ところどころ天井に設けられた非常灯だけがわずかな光源だった。まもなく私の前に、小さなベッドに横たわる母の顔にかかった白布がほのかに浮かぶ。奨学金を得て私が大学に入学した年、東京で一人暮らしをはじめた直後に母が交通事故で亡くなったという知らせをもたらしたのは母の兄だった。参列者は、近所の顔見知りの老婆一人と、伯父だけだった。火葬を待つあいだ、ぱん、ぱん、という音を窯の奥から三度聞いた。骨ひろいのとき、煙草を持っていたのはどちらの手だったろうかとふと思うが、思い出せない。そのあと三人で簡単な食事を摂る。静かな食事の間、初対面の伯父が中学生の一時期、小学生だった母と二人で施設にいたこと、理由が父親の博打狂いと暴力だったことを言葉すくなに語ったのが記憶する唯一の会話だ。葬祭場内の食堂は座面の合皮が破れていて座り心地が悪く、だが存外食が進んだのは、東京を発って以来何も喉を通らなかったせいだろう。帰京後、以前にもまして人づきあいを苦痛に感じるようになる。母が亡くなったことは誰にも話さなかった。ふた親を亡くした私は、次の学期で学費免除の対象となった。不幸の見舞金のように、それは遺児に支給されたのだ。教養課程の二年間、語学クラスや講義で同じ教室に居合わせる人々との日々の関わりあいを、私はうわの空の微笑でやりすごしたようだ。かりに誰かが私に興味をもち、近づいてきた場合、基本的に来る者拒まずのスタンスを取ってはいたものの、自分から積極的に他人と関わることはない。長い間、私はあの日の葬祭場の非常灯に照らされている。記憶にあるかぎり、本当に久しぶりに声をたてて笑ったのは二年生の後期、専門課程選択のためのガイダンスに現れた片桐の講義を聴いたときだった。いったい何年ぶりだったろう？　あんなに素直に、ありのままの心で笑えたのは大学入学以来、いや生まれて初めてだったかもしれない。

前方にマーラヴィーヤ橋が霞むのを私は眺めた。

この世の果てだ。メインガートから少し遠ざかっただけで、岸辺をゆく巡礼者や観光客や象牛は間遠になる。

私は立ち止まり、ペットボトルの水を飲む。左手のコンクリートの高い塀の上、ピッパラ樹の根方に三角屋根を載せた赤い祠があり、樹の股や枝、周囲の鉄柵や石段におびただしい数の猿が群がっている。リンガ茸の第二の群生地帯の始まるハヌマーンガリー・ガートが間近いらしい。私はコンクリートの道から土の岸辺の方に降りてゆく。

間近に見るガンジスは流れるともなく流れる。

光を撥ねる泡とオレンジの花びらとビニール袋（プラスチック）が、水面をゆっくり動くので流れるらしいと知る。屈んで、片手でガンジスの水をすくう。片手ぶんの水が、片手ぶんの太陽を呑んでかがやき、女神（ガンガー）の身中で、雪山（ヒマーラヤ）とヒンドゥスターン平原とベンガル湾のかけらがしゃぼりと波だつ。雨期に水没する対岸の砂浜の純白が目に痛い。舟で渡った人々が豆粒のようにその空白にばらまかれるのが見える。ガンジスの西側をカーブするヴァーラーナシーに、いつも太陽と月は川向こうから姿をあらわす決まりなので、まるで不浄の彼岸が毎日太陽と月を分娩するように思える。ポンポンポンポン、と動力船のモーター音が水面に弾け、ありったけの布をぐるぐる体に巻き付けた巡礼者たちをしこたま詰め込んだ船が右手から来る。左手からはスマホを手にガンジス川の風景を撮影中の肥満した欧米人女性一人を舳先に乗せた舟が来て交叉する。ふりむくと〈ハヌマーンガリー・ガート〉の名が、コンクリート通路の壁に直書きされている。〈シヴァの三つの聖地〉第二の巡礼地だ。

その少し先で猿の死骸を見た。

長い四肢をピンと天に伸ばしたかたちで息絶えている。長い乳首をぶらさげた痩せこけた雌犬が匂いを嗅いでいる。猿の股間からおびただしく血が流れ出ている。雌猿だ。一夜夫とのいきぐるしい行為の間に、この猿を月経が訪れたにちがいないと私は思う。犬が血を舐める。猿の腹の血はすでに乾き、ぎざぎざの黒錆色の毛の束に撚れてこびりつく。シーツについた錆色が、ふいに私の目に浮かぶ。片桐との夜、あるときベッドにいる最中に生理が始まった。たちまちシーツに赤黒い、不規則な半透け模様がひろがる。彼の下着にも血が付いているのに気づき、洗おうとすると、いいよ、笑いながら片桐が言う。

大丈夫、俺の家庭はとっくに崩壊してるからさ。化石のように確定的で、血染めのパンツの一枚や二枚で何ごとも起こりゃしないよ。

シャワーを浴びてから二人でビールを飲む。部屋の隅に丸められたシーツの錆色を見ながらふと思い出したように彼が言う。生理の血ってさ、いろんな形の墓穴掘ってくれちゃうよね。それに続けて昔温泉地でひと夏働いたおり、首尾よくそこの若女将をいただいたはいいがその最中に漏れた生理の血で旦那にバレて結局ひと夏ただ働きになったという趣旨のエピソードを、快調にビール二本を飲みほす間に彼は披露に及ぶ。

土の上に錆色の乱杭歯のごとく立ち並ぶリンガ茸が、水辺でもの思うかのように、さみしい皺を伸び縮みさせつつ先端をゆるやかに左右に巡らすのを私は見ている。

だらりと垂れた胎（ヨーニ）が縊死者の舌めく。星々を創造し、維持し、破壊する夜の暴れん坊には、仔細に見ると多少右曲がりや左曲がりのものがあることが分かる。それらがぴったり隣り合って生息する場合、すべすべした先端のねぎ坊主の部分がしばしばぶつかりこすれ合う。リンガ茸同士の恋愛が発生する可能性が私の頭をよぎる。その少し先に、ちょうどインド女性のロングスカーフ（ドゥパッター）で頭をすっぽり包み込んだような皮かぶりのリンガ茸を見かけたが、猿にもてないだろう。緑色に濁った川ぞこで古い溺死体の髪みたいな藻がゆらめく。水面すれすれを白い鳥が乱れ飛ぶのをながめながら、ぼんやり考えた。

行為の最中にシーツを錆色にそめたあの夜、ビールのグラスを手に片桐の話を聞いている私の頭には別の情景が浮かんでいる。遠い過去の方角に属する彼の艶話を聞きながら、私の眼裏に小刻みにゆれるのは近い過去に属する彼じしんの刻印、ついさっき私の真上にあった裸の彼の体の、動いている肩口に鮮明に見えた、小さな歯形。捺されてまもない、小さな馬蹄形の花。まだ鬱血のおさまっていない、嫉妬の三文判。彼と一緒に歯形も動く。彼と一緒に歯形もうめく。彼と一緒に歯形も胴震いする。彼と一緒に歯形が倦んだため息をつく。起き上がって彼がシャツをはおる。用済みの通知書をそそくさとしまいこむ。肩先から歯形が彼を噛みすすむ。全身をカタカタ這いめぐり彼を愛撫する。肩先から首筋、乳首、臍、性器、太腿へ。彼のからだを死斑のように覆う歯形。嫉妬のたどる不思議な経路がここには示されている。蚊がマラリアを媒介するように、糞便が腸チフスを媒介するように、肩先の歯形が私に嫉妬を感染す。嫉妬の請求書には、いつも延滞利息だけが書いてある。

靴の下にぐにゃっとした柔弱な感覚が生じ、昔、打ち直し中の布団綿を踏みつけて叱られたときのことを私は思い出す。

見ると足の下に横倒しになった猿の死体がある。縦一線に切り裂かれたグレーの背中から白っぽい臓器がはみでてガンジスの泥と入りまじる。頭と頭を接してもう一匹、こちらは平穏な死に顔の、さしたる外傷のない猿の死体が転がる。どちらも雄猿だ。一つのリンガ茸を巡って激しい鞘当てが演じられることがあるのは、片桐『宗教都市ヴァーラーナシーの朝』に簡単な解説がある。手前の、損傷の激しい方に見られるのは逃げ傷であろう。無傷の方の雄猿に目を移す。互いに譲れない夜半の決闘のすえリンガ茸を勝ち取った彼は、朝(あした)にそれを卒塔婆として横たわる。頭頂部に生えた明るい茶系グレーの毛が長く、まるで瞬間の炎を凍結したような形で、猿は泥とも糞便ともつかないぬかるみに半ばめりこむ。岩本の髪型にちょっと似ていると私は考える。

　高級官僚を父親に持つ岩本信也は、自らの出自とちぐはぐな情熱を持つように見受けられる。本学経済学部を卒業後一部上場企業に就職、その後退職しこの研究科に入学してきた変わり種の彼は、理知的でものごとに動じない一方、片意地で強情だ。道理に合わないことが嫌いで、私たちの所属する研究室においてそれはオタマジャクシが沙漠で孵(かえ)るより困ったことだ。

　たとえば彼の親友が提出した大学の学費減免申請の件だが、父親がその前月リストラされていたのに認定されなかった。にもかかわらず同じ研究室の裕福な寺の息子が認定された事に義憤をたぎらせ、日本の所得捕捉方式における構造的欠陥と道義的羞恥心との関係について学生たちの居並ぶ演習室で滔々と述べ、いつも周りを気にして鶏みたいにキョトキョトしているその茨城の大寺院の跡取り息子を半年間の登校拒否にしてしまった。ちょうど学費免除の期間中大学に来なかったのだから、彼なりの懺悔だったという解釈もできる。いずれにせよ岩本の行為は過半数が僧籍を持つインド学研究室に喧嘩を売るも同然だった。その直後、夏休み前の例会後のコンパの席で、さっそく磊落さを偽装した当て擦りを言いがかってきた、例の跡取り息子と同じ宗派の僧侶である助教にむかい「君、若いのに国語を大事にするその心がけは感心だ。ちょっと聞くが、日本語の特性を見事に活かした陰湿で回りくどいその忖度語法は君らいったいどこで学ぶんだ？　宗派系のセミナーか何かか？〈僧侶の好物は葬式饅頭と陰口〉という格言もあるくらいだが、もうちょっと手短かに言えよ」と自分以外ほぼ全員僧侶のテーブルで言ってのけたのは、いくらなんでもやり過ぎである。同じテーブルに私も居合わせた。飲み会で下手な事を言ってやり込められたりしないよう自分より頭が切れて口の悪い同僚と決して同じテーブルに座らないという噂の助教が、今日に限ってその用心を怠ったことへの後悔がありありと分かる物憂い愛想笑いに同情は禁じ得なかったものの、インド学研究室に入って二か月半の私から見てもどの顔もしけた煎餅みたいな、周囲の人々とのやり取りのよろず七面倒臭く、およそ快活さとか率直さとか若々しさとか、そういったものと縁遠い場所と映っていたことは否定しない。

しかしながら先述の半年登校拒否の跡取り息子の件にしても、私に言わせれば岩本の側にもある種、同病相憐れむといったところがあるように思うのだが、どうだろう。彼はこの研究室の誰も持っていない、陽に焼けた見事な腕を持っている。自宅の庭のテニスコートかプールサイドでグァバジュースとか飲みながらこんがり焼いたんだろうと思っていたら、学部時代からすでに親の仕送りを断り道路工事などの肉体労働にいそしんだ結果らしかった。ともあれ、くだんのコンパ席上での憎まれ口が周囲を鼻白ませた直後、岩本はビールを飲みながらただちにインドにおけるバラモンと日本の僧侶との類似に関する考察に話題を転じ、その瞬発力に私は舌を巻く。

コンパ解散後、千代田線に乗るのは彼と私だけで、千駄木駅に行く途中でキスされた。「あんたみたいな女は俺には合わない」その唇が言った。その通りだろう。いずれにせよ他人の心の裡など慮っても時間の無駄だ。ふり返らず地下鉄を降りた。

私は生あくびをくり返しつつ、ゲストハウスの自分の部屋に外から頑丈な南京錠を掛ける。前夜はほとんど眠っていない。明け方に少しうとうとした。ミシュラ氏によればこの三日ばかりはサラスヴァティー・プージャーだという。サラスヴァティーは、東漸して弁才天と呼ばれることとなった芸術と弁舌の女神だ。秋から春、おおむね十月から三月にかけての時期、この国に平日は数えるほどしかない。インドにおける祭とは、ともかく根かぎり絶叫すること、夜眠るなどとはもってのほかだ。ましてや芸事と口達者の女神サラスヴァティーに捧げる音楽である。騒々しいほど神は大喜びなのに決まっている。音楽はくどいほどよい。

音楽は特に讃歌(バジャン)など宗教的なものというわけでなく、通俗歌謡を主とする選曲だ。すべての歌は甘ったるく騒がしくくどい。メロディーが平板で村祭り的リズムを繰り返すだけなのでくどい。神はメロディーを欲しない。高音部の節回しがくどい。伴奏がくどい。たえず女だか男だかが、声帯を悩ましくふるわせ何か痛嘆したり懇願したりするらしく、ひどくくどい。さすがお経を生んだ国だ。宿のベッドにもぐりこんでからも延々と慟哭と哀訴が続くため、キャバレーの二階にでも下宿したつもりで、店内がうるさすぎてお互い何を言ってるのか全然分からない客と女のくどいやりとりを想像してみる。

眠れないついでに私は深夜営業の電話屋に出かけた。

片桐の話では、かつてヴァーラーナシーの街角にはこんなにあって大丈夫かと思うくらい電話屋があったらしいが、さすがに今は稀だ。その店は雑貨店を兼ねた。親父に言って、埃まみれの受話器を取る。ボタンを押す。0081で始まる番号を彫り込んだ玉手箱は、依然として何度かけても電源が入っていないか、この世で一番深く、この世で一番電波の届きにくい海の底にある。玉手箱には心臓が入っている。心臓には目も口もある。喉ちんこが見えるほど大笑いしながら私の手足を縛って水に放り込み、絶対に声のとどかない海の底でも溺れない四十八手をてほどきする。受話器を置く。通じなかった、と言ってそのまま帰ろうとする私に、ワイシャツの上から大判の布をぐるぐる巻き付けた電話屋兼雑貨屋の主人がすかさず冷蔵庫を開けながら、バターはいらないか？　ストロベリージャムはどうだ？　チョコレートスプレッドは？　チーズは？　紅茶は？　コーヒーは？　水は？　コーラは？　とまくしたて、隣からサリーの上にカーディガンをはおった奥方が、トイレットペーパーは？　シガレットは？　ポテトチップスは？　洗濯バサミは？　バナナは？　乾電池は？　と矢継ぎ早にご用命を訊ねる。私は右手を鋭く斜め下にふりおろし、すべて一括してナヒーンチャーヒエー（要らない）！　ガイドブックで覚えた紋切型をさけぶ。

表に出る。いまだ巷は音楽で満ち溢れる。

路地いっぱいの水牛の群れにぶつかり、細い棒を持った最後尾の水牛飼いの少年の後に随（つ）いて歩く。祠の周囲に縦縞の垂れ幕が引かれてサラスヴァティーの像が安置され、祠の脇に毒々しい色調で描かれた、詐欺師にしか見えない神の似姿、その左右に据えられた巨大なスピーカーは間断なく爆音を発し、遠くで爆竹と花火の音が夜空を蜂の巣にしている。見上げると、苦笑しているような月の口もとが闇に浮く。あとわずかで新月（アマーヴァースヤー）だ。

祭のシーズンは結婚シーズンでもある。真夜中近い時刻にもかかわらず鼓笛隊みたいな楽隊が景気よく路地から路地へ練りあるく。その後を、頭の上に巨大な電飾を載せた、地味なサリー姿の陰気な雇われ行列がぞろぞろ行進する。その間に挟まれて藩王（マハーラージャ）とその奥方のごとく満艦飾に着飾り、白馬に乗った花婿と花嫁がしずしず通る。祭のシーズンはまた観光シーズンでもあり、夜な夜な高級ホテルの上げる花火が、リノリウムの床に豆をこぼしたような炸裂音を立てる。これは外人観光客という神に捧げられた讃歌（バジャン）である。私は明けなやむ長い一夜を読書で過ごす。

ゲストハウス一階に降り、私は玄関にいたオーナー夫妻に常のごとくご挨拶、彼らはとりたてて睡眠不足といった感じではさらになく、〈ナマステー、アープカェシーヘーン？（おはようご機嫌いかが）〉、いつもながら腹から声が出ている。けだしインド人は全員滝壺の中でも熟睡できる修練を積んでいる。

前日に引き続き本日は第三巡礼地へとむかうべく、だがヴァルナーサンガムへの道順の説明に不安を覚えた私は、とりあえずわかりやすそうなマーラヴィーヤ橋近くのラージ・ガートまで行くことにする。

ちなみに片桐はエッセイ「ヴァーラーナシーの日常風景」において、サイクルリキシャーのおじさんにいかに有名ガートであれメインガート以外のガート名を告げた場合、相手は例外なく「わかったわかった」、了解のしるしに首を斜めに傾けてみせるが、着いてみると九分九厘メインガートであるというエピソードを紹介する。リキシャーワーラーの大多数はこの世界的観光地へ出稼ぎに来た地方出身者で、街の地理など碌に知らない人もめずらしくないらしい。

結局、サイクルよりかなり値は張るがタクシーよりは安いオートリキシャーに乗り、車を降りた私はガートへの石段を下ってゆく。

ここラージ・ガートでアッシー・ガートから続いたコンクリートの床も尽き、その先には未舗装の土手がつづく。とはいえあの泥の岸辺のような、川に接した低湿地ではないので別段歩きづらくはない。

はるか前方にかすむ橋を果てと見立てる道のりがあり、橋の直下があり橋の向こう側がある。鉄の巨大な橋脚を大河に立てたマーラヴィーヤ橋は、鉄道と道路の併用橋、上に車道、下には西に隣接するカーシー駅からの鉄路を対岸までくぐらせる。はるかな上方を貨車の凄まじい重量と轟音が通過する。水底に落ちてゆきながら、光の方向へ急速に伸びてゆく橋桁を見あげる投身者のように私は橋を見る。

　ラージ・ガートまでは、途切れなく配列された神々の私書箱の扉に臨んで高い塀の貴族の館や寺院が建ち並び、その背後は石造りや煉瓦造りの陰鬱な建物の合い間にたちこめる薄暗い路地の世界だった。だが橋をくぐった先で私たちは、ガートのすぐ間際まで臆面もない庶民生活の喧噪と漂流物の押し寄せる巷を目にすることになる。橋の袂から左方向へ、急坂がくねりながら駅周辺の殷賑をきわめる界隈へと登りつめる。その周辺の斜面いっぱい、土の上に立てて並べられた半乾きの牛糞のような軒の低い家々が、生活のとろ火で煮えているのが眺められる。坂道ぞいに隙間なく並んだ店々では十年一日のごとくチャーエを煮立て、山もりのサモーサーや揚げ物（パコーラー）の大鉢を並べる。そして対岸に目をやれば、砂浜の白い帯もいつか消え、膨大な水蒸気をへだててこちらの岸と変わりない人々の営みの不揃いな容れ物がつらなるのを見る。

　ガンジスの岸辺もここに到って彼岸と此岸の額縁であることをやめている。つまり果ては、永遠に旅人のものにならない。それは自身の内部からあらかじめくくりだし世界中に亡命させておく、ここと折り合いのつかない何かだ。対岸の村への渡し船の船着き場がある。自転車やバイクや老若男女が積みこまれ、対岸とこの岸をしきりに往来する。渡し船の正規料金以外に何かと乗客からせびりとろうと、すし詰めの船内で象牛が一人一人に小うるさくつきまとっているのが見えた。桟橋に船が着く直前、腹に据えかねた乗客に船尾から川に突き落とされた象牛の、シャハナーイ笛に似た鳴き声が水を渡る。

岩本の暴言で活気づいたあの夏休み前のコンパの席上では、片桐のこともひとしきり話題になった。

インド専門の二三の学生が口々に言う。研究例会、片桐先生来てなかったね。担当の学生が二人も発表したのにさ。他の先生も渋い顔してたよな。戸川(とがわ)先生なんか最後の総括のとき露骨に当て擦り言ってたしね。地獄耳の図書係岸谷(きしたに)が言う。片桐先生って、頭は切れる人だし精力的に論文も書いてて業績はすごいけど、ちょっとこの研究室の雰囲気にはそぐわないっていうか。ここで少し声を落とし、素行がさ、ほら問題あるってもっぱらの噂なわけで、何でうちに呼んだのか多少疑問は残るよね。中谷先生は個性的な人が好きだから、将来性ってことも含めて引っ張ってきたんだろうけど。中谷先生が亡くなってからは正直言って、招かれざる客になっちゃったよね。後任の選考なんかも、まったく蚊帳の外だったらしいよ。そこへ岩本が再び、弔い合戦じゃないけどね、舌鋒鋭く言いがかり、俺は中谷先生は正しかったと思うね。片桐先生の『愛のインド思想』は優れた研究だ。俺は彼を尊敬する。片桐先生は上下の関係なくはっきり自分の意見を言うからね。君たちみたいに上にへつらい下に大威張りの並一通りの凡俗とはレベルが違う、至極真っ当な俗物というものだ。だいたいT大出身以外の専任スタッフを入れたのもインド学研究室では初めてのことだろ？　因循姑息なうちの体質から言うと大した英断だよ。続いて岩本が、テレビでの布施にかんする発言につき最近ネットで大炎上したらしい著名住職のエピソードを展開するにつれ、つねにその場の話の中心にいなければ気のすまないくだんの口達者な図書係のおしゃべりがぴたりと止んだのをみると彼の実家との関連性は高そうだ。

それから二か月あまり後、私は話題の人物の左胸にぴったり耳を当て、月あかりの脈搏に耳を澄ませている。

ま、俺は体制外生物だからさ、いろいろあるわけですよ、彼の心臓が言う。だけど男の嫉妬もすごいよね。彼は同僚の口真似が得意だ。〈で、片桐先生の、御意見は？〉などとその口ぶりを軽妙に模写する。まず相手の意見を聞くまでは決して口を開かない、いつも両眼から湯気が出ている感じのする戸川教授の風貌が彷彿とする。インド学の一部学生は風俗の待合室における順番待ちのさい、このチベットおよび西域仏教の権威の氏名をしげしげ借用すると聞く。片桐は、〈自己保身の塊〉〈歴史と伝統の事なかれ主義〉などとひととおり同僚をこきおろすと、またいつもの癖で最後には〈バス（もういいよ）！〉と笑う。

〈バス！〉ってさ、基本的には〈もう充分〉って意味で、インドの日常会話じゃほんとよく使う言葉なんだよ。買い物の済んだ合図とか、お代わり断るときとか、あと何であれ〈やめてくれ！〉〈もうたくさん！〉だっつって相手に言いたいとき使うんだけどね、と学生時代の留学の話になる。きついよ、インド式接待。何度か先生の家に行って食事をご馳走になったことがあるんだけど。ヴァーラーナシーのサンスクリットの先生っていえばもう厳格なバラモンだから肉はもちろん卵も食わない完璧な菜食主義（シャーカーハーリー）。〝シャーカーハーリー〟ってさ、菜食主義、確かにそう訳すしかないんだろうけれど要は肉を食いませんってだけのこと。野菜をたくさん食べるってことじゃないのよ。野菜（サブジー）カレーったってたいてい野菜一種類、こまぎれに入ってるだけ、香辛料（マサーラー）だけやたら入っただの汁、食べ応えないったら。で、まあインド人ってば際限なくお代わり勧めるんだよね。〈バス！（もう結構）〉っていくら断っても「遠慮するな」って構わず皿にドバドバ入れてくる。お心遣いは嬉しいんだけど、正直言ってこんなしゃぶしゃぶのスパイス汁、もういらねえよ！　って感じ。

　何だろか、どろっどろのスパイス汁、期待してたんだろか、俺インドに。人間をふくめた世界がよろず全般、みんな煮蕩けてどろっどろのスパイス汁っての。はて、なんでまた俺インド研究始めたんかって、ときどき考えるんよ。早くに親が死んじゃってんだから、もっと金稼げる分野、勉強しろって話だよね。日本やヨーロッパアメリカじゃとうてい想像もつかない、〈なんじゃこりゃ？〉を求めてたんかね。油断してたら身ぐるみ剝がれて煮込まれちゃう、訳わかんない闇鍋、みたいな。ある程度住んでりゃ、そこそこ訳わかった気になっちゃうんだけど。でもいまいちまだよう分からんなあ俺、インドもインド人も。だってさ、例えばさっきのお代わりの話だって、「遠慮するな」って言うけど、自分は金輪際遠慮しないくせに相手だけ遠慮してるという大前提は不可解だよなあ。そう思いません？

それから片桐は〈バス（いいよ）、バスバス（いいったら）、バス（いいの）、もう！〉と、ふざけて手刀切るみたいにぶんぶん右手を振り回し、そのまま私の首を脇に抱え込み床に倒れる。まだ子供の頃のプロレスごっこの癖が抜けないとみえる。実際、十六歳になったら新日本プロレスに入門しようと決めていた時期があるという。彼の父の死の直後だ。だが夫に早死にされた寡婦の母が、食卓を拭きながら、勉強しなさい。あんたの父さんは家が貧乏で、せっかく大学合格したのに諦めんならんかった言うて口惜しがっとった、とプロレス番組を見終わった一人息子に言う。別に偉くならんでもええ、あんたが勉強するだけのお金は残そう思って、父さんの保険の金はあんたの大学進学用に取って置いてある。それだけ言うと流しで皿を洗いはじめた。彼はそれからプロレス番組を見るのを止める。後家の頑張りが過ぎて、母親が過労による心臓発作で亡くなったのは彼が大学三年のときだ。例の、「日本の所得捕捉方式における構造的欠陥と道義的羞恥心」に関する岩本信也の発言が研究室の面々の怨恨を招いていることを私は話した。ちなみに私は自分の学費の減免申請につき研究室の誰にも口外していない。片桐は、そうだなあ、俺は親がおらんから君と同じで問題なく学費免除は受けられたけど、確かに、同じゼミに大きな寺の息子がいて、金持ちのくせに学費免除だの奨学金だの、片っ端から貰っとるのはどういうこっちゃとは思ってたなあ。でもそいつの彼女の処女は頂きましたけどね、と天井むけて爆笑する。そいつ、素人童貞で、下手すぎてうまく入らんかったみたいよ。後に彼女はそいつと結婚して今はもう三児の母みたいだけど。そいつの息子も納税の義務を果たさないぶん、いずれは風俗嬢にたんまりお布施するんじゃないの？　社会奉仕？　無縁の慈悲っていうの、これ？　それとも仏教お得意の悪取空（あくしゅくう）をまたぞろ繰り出すのかな？　チェンジ三回まで、花びら大回転、お代わり自由、あれもこれも全部まとめて〈空（くう）〉だからいいんです、なんてね。

片桐は新しい煙草に火をつけ、しかし、岩本君も茨の道を歩いとるなあ。ふうっ、と煙を天井むけて吐く。あいつの親父、国土交通省のお偉いさんで、来年都市再生機構の理事長になるんだって？　もう天下り街道驀進しちゃってんじゃないの。お坊さん批判しとる場合じゃないっしょ。あいつもそれは重々承知してそういう事言ってんだ。逆コンプレックスってのか。気の強い男だなあ。大好きだよああいう屈折した奴。大した切れ者だし、俺に劣らず口が悪いのは見所がある。何で君、つき合ってやらんの？　あの目つきはそうとう君に惚れてるぜ。やらしたれよ、俺が指の入る体にしてやったんだから。そう言って、天井向いてひときわ勢いよく煙草の煙をふきあげながらまたげらげら笑う。

口の減らないこの男を高く買い、インド学研究室の准教授に推薦し、他の教授と対立する彼をつねに弁護し、間に立って支え続けた中谷教授が脳卒中で急死したのは去年の秋、片桐着任のわずか一年半後のことだ。それ以降のこの狷介な部外者（アウトサイダー）の孤立無援ぶりは想像に余りある。

深い息を吐き、目を開けた。

マーラヴィーヤ橋周辺の賑わいを抜けると、岸辺には急激に寥（さび）しさがたちこめる。尖塔の聳えるアーディケーシャヴ寺院の先、見えない掌がゆるやかになであげる土のもりあがりの上で、私は見る。左手の林の中をうねって流れてきた小川がガンジス川に流れ込むのを眼下に見る。ヴァルナー川との合流点（ヴァルナーサンガム）、〈シヴァの三つの聖地〉最終地だ。

私はふくらはぎの張りを軽く揉んだ。南端のアッシー・ガートから約六キロ、この周辺に第三のリンガ茸群落がある。私はペットボトルに残っていた水を飲んだ。アーディケーシャヴ寺院の門の右側にガジュマルの樹が闊達な枝ぶりをひろげている。垂れ下がった気根から二三匹のハヌマーン猿が、ぶらんこよろしくぶらさがったかとおもうとキキキィッ、乳が沸き騰るようにたちまち幹をよじのぼり鋭い鳴きかわしが長く尾を引く。

ガンジス川と併（あわ）さるまぎわのヴァルナー川に、板を組み合わせた素朴な橋が架かる。頭の上に籠を載せたサリー姿の女の列がゆるやかな坂を下って橋に向かう。自転車やバイクが板橋を通るときカタカタ鄙（ひな）びた音を立てる。

私は土の岸辺に立つ。鋤き返した土の匂いの漂う岸辺の世界のひろがりを見る。この地は古来からの〈シヴァの聖地〉の一つであるにもかかわらず、町の中心からあまりに隔たっているせいか、巡礼の舟の影も沐浴する人の姿もない。代々ヴァーラーナシーの住民であるゲストハウスのミシュラ一家も、彼らの誰一人としてこの場所に来たことがないという。町が膨脹してガートが石造りになり、貴族の館と寺院が形成された十八世紀以前、古（いにしえ）より人々が身を涵（ひた）したのはこの風景だったのだ。カイラーサの絶巓（ぜってん）から、下界を見はるかすシヴァが初めて目にした光の町（カーシー）、その波がいま私の足もとに打ち寄せる。水と水との併さる浅瀬（ティールタ）で、人はシヴァとまみえる。

　このあたりからふたたび目につきはじめたリンガ茸が、岸辺でひっそり舟歌を口ずさむかのように、先端を左右に巡らすのを眺めながら水辺をゆく。

　虫の息の雌猿を見つけた。

　波打ち際に横たわる猿の口から極太のリンガ茸が突きだしている。雁首もくっきりとビクン、ビクンと赤黒く筋立てて脈打つ。猿もそれに合わせ間歇的にビクン、ビクン、と痙攣をくり返す。雌猿の口が、つらぬかれながらまだリンガ茸を夢みるのか、恋のなごりのやさしさで動く。軽く握られた猿の右手が、泥に枕するごとく耳もとに当てられている。ガンジスが小さな乳首からヴァルナーの乳を呑むように、猿の口がゆっくり動く。同じ言葉を繰り返すように見える。〈もしもし〉、そう言っている。まるで愛撫のさなかに生きながら自分を串刺す利己的な情人に、それとも知らず次の逢瀬をねだるがごとく受話器を耳に当て、あてどのない夜にむかい〈もしもし〉、私のくちびるもいっしょに動く。

　彼からの電話がほとんど鳴らなくなったのは、三か月を過ぎたころだろうか。

　こちらから掛けてもめったに繋がらない。流しに生ゴミがつまるように、いろごとの排水管もすぐつまる。電話もつまる。頻繁に会っていたころ、約束はいっさいせず、事前連絡に電話を使うこともなかった。その必要がなかった。必要が生じたとたん電話はつまる。処理能力をはるかに超えた喜怒哀楽がとどこおるのだ。それはだんだんドブの匂いに似てゆく。ドブの匂いは嫌いじゃない。我慢ならないのは、にわかにことばがでしゃばりはじめることだ。結局ことばなしには足掻きもとれない、それ見たことかというあの手柄顔、あたかも当初から自分が中心にいたかのように、それをわれわれが失念していたことが重大な手落ちであったかのように。ようやく電話に出た彼に、会いたいと私は言う。男が快活に答える。僕も会いたいのはやまやまなんだけどさ、時間ないんだよ。ほんと。付属研究所の方で頼まれている件があるわ、学会関係もあるわで今は一時間取るのも難しい状況なんだよね。私は度肝を抜かれる。彼は時間を発明した。彼はその単位を発明し、時計を発明し、この先どんな便利なものを発明するか知れたものではない。ことばがつまったら、新たなことばで取り除くしかないが、ことばはとっくに飢え死にしている。

授業で見る彼はまったく平静である。私も平静だ。廊下を大量のテキストを抱えた彼が一人でやってくる。私も一人でそちらに歩いて行く。会釈してすれ違うとき、私はひどく平静だ。インド学研究室に入った瞬間、それまで談笑していた学生たちが不意に口をつぐむといったこともない。むしろ、私が隠れんぼの鬼でないことを示す別の噂が耳に入る。片桐先生、何かヤバそうだね、と小指を立てる。何が、と訊くと、前任の大学の秘書だった人と揉めてるらしいよ、と嬉しげに語る図書係は、情報源を明かさない。何度か彼の研究室で鉢合わせした、丸顔でショートカットの女を漠然と思い描いてみる。窓わくから沁みでるほど若葉が萌えていたとか、梅雨時の廊下に積んだ学会誌の段ボール箱がしっとり汗を掻いていたとか、周囲の印象を思い返しなんとか呼びもどそうとするが、その顔だちも歯並びも空白のままだ。

ある夜、つまって流れない携帯電話を枕もとに置いてベッドに入ると、薄闇の岸辺に長い竹竿がならび、中にめいめい燭台をのんだ竹籠が宙づりになってるのを見る。あわくともる竹籠に、おのおのひとつの情景がほのめくのをながめた。ある夜、彼は肩先に署名捺印の上、湯香のごとくひらく若女将の、ひと夏ぶんのバイト代はたき込んだ錆色シーツについて語る。ある夜、彼はシャツのボタンを外しながら、もうそわそわ逃げ支度にかかっている。ある夜、彼はことを終えようとするまぎわ、岩本信也ともう寝たのかどうか訊ねる。ある夜、彼はシャワーを浴びる間、キッチンテーブルの上に携帯電話を置く。電話が鳴る。十回コールして切れる。後に残されたひりつくような沈黙。シャワーの水音。頭痛のとき思わずこめかみを押さえるように、私の指先がリダイアルボタンを押す。

電話が鳴る。行きつ戻りつ、堂々巡りの泥の岸辺に呼び出し音が響く。ベッドから手を伸ばし枕もとの携帯電話を取る。

〈もしもし〉、夜のさいはての地方から、四か月前の彼の声が遅れてとどく。とっくに絶滅したその住人の声に、私は耳をすませる。

ねえ、君はさ、どう思う？　男と女がこういうことするの、セックス、サンスクリットじゃラタって言うけど、本当は何ていうんだろう？　何て呼んだらいいんだろ？　もし名前をつけるとしたらさ、一回一回違う名前、つけなくちゃいけないよね。星に名前つけるみたいにさ、名づけても名づけてもきりがありゃしない。

　今、この世に居合わせた八十億ちかい人間はさ、全員が全員と、過去現在未来、いつかどっかで出会って一回はセックスしてるよね。俺たちが今してる、これ、いったい何億万回めのセックスだろ？　いったい何億万のペニスとヴァギナと心臓を通過したセックスなんだろう。俺たち、何億万回出会ったんだろう？　シヴァは男で女だけど、それだけじゃ、まだ自由じゃないね。一人の男と一人の女、それぞれ別々の男女の部分、男と男、女と女？　が番（つが）うんじゃなくちゃ、つながることになんないよね。毛虫と鳥が、蛙と蛇が、鹿と虎が、喰い喰われることでつながるように、生々世々（しょうじょうせぜ）のあちこちをうろつき回る俺の男の部分と、君の女の部分、くるっと回ってその反対、が出会ってつながるから、名前から、かたちから、時間から、男であること女であること、俺であることや君であることとから、解（ほど）けてゆく。浅瀬（ティールタ）も向こう岸ももういらないね。

　君はシヴァか？　君は何億万回めのシヴァだ？　俺はシヴァなのか？　君のぬるぬるの胎（ヨーニ）を俺がこうして掻き回してると血や乳や膿や涙や精液やしょんべんや、生きてるものが生きてるうちに垂れ流すありったけが混ぜ合わさった訳のわかんない闇鍋みたいなものができる。そのど真ん中に光のリンガがおっ立つ。でもその世界はこの世界みたいに息苦しくないんだよ。

名前もかたちもない世界だ。セックスはすべてを生み、何ひとつ生まない。セックスから心臓の鼓動（ビート）でこの世のすべてが溢れだす、だけどそれは血と肉を分けた何かに有（う）を植えつけるんじゃなくて、ただ有（う）の機縁を放つだけだ。有（う）は有（う）と言い捨てていい。セックスはただの鍋。俺たちはそん中の具。みんなぐるぐる煮蕩けてどろどろのスパイス汁だ。

だけどいったんこの浅瀬（ティールタ）を出ちゃうと、また元の木阿弥。名前とかたちで金縛りだ。だからまたしたくなるんだね。セックス。永遠の堂々巡りだ。何でつながるとこんなに気持ちいいのかな？　哀しいね。楽しいね。よかったね、男と女で。こうやってセックスできるね。


ずぼりと腰まで水につかり、泥に足を取られたことを知る。

はっと顔を上げ、再度ずぼり、と両足が川底のぬかるみにめりこむと同時に極太リンガを口に咥えたままの雌猿の死骸が、目の前の水面にある。野良犬に食い散らかされ、歯形を浴びたような死の顔だちを見る。噛み取られた肩先は深くえぐれて骨が飛び出し、カッと両目を見開いた雌猿の口を裂いて脈打つリンガ。雌猿の全身から歯形が、音もなく水に落ち、たちまち私めがけて殺到する愛の鐚銭（びたせん）。声にならない悲鳴を上げ、死にもの狂いで岸辺に戻ろうとするが泥に嵌まりこんだ両足は、ぬるぬるの女神（ガンガー）の股ぐらのナラクにくわえ込まれた身体はぴくりとも動かない。懸命に手だけ振り回しもがいているところへ、

「どうした、大丈夫か」

出し抜けに日本語が天から降ってくる、条件反射的に〈チョーロー！（放っといて）〉、叫びかけて見上げると、すでにズボンの裾をたくしあげ川に入ってこようとしている顔は、扁平さも好ましい東アジア人のそれで、日焼けした力強い腕がまっすぐ伸びて私の手を引っつかむなりたちまち岸辺に引き上げる。岸に上がるとき、私と男性の泥まみれの足がリンガ茸をさんざんに踏みつける。リンガ茸はすぐさま勃（むっく）り首をもたげるや仕返しに傘を広げて柱を赤紫色にいきり立たせ、ついでに泥も振りおとす。

「何やってんの、駄目だよこんな所で沐浴しちゃあ」

きびしく叱りつける顔を見ると岩本信也、ガネーシャの縫い取りのある布鞄から手ばやくタオルを取り出して差し出す。私が顔と腕を拭く間も、

「すぐにホテルに戻ってシャワーを浴びた方がいいよ、下痢するから。薬は持ってる？」

ぶっきらぼうに指示や質問を繰り出し、さらに、

「まったく、こんな人っ子一人いない所で何やってんだよ。去年ガンジス川で泳いでた日本人学生が溺れ死んだの知ってるだろう？　静かに見えるけど、流れは速いんだ、分かってんのか？　危険なんだよ！」

と言ったその口で「日本人がガンジス川で沐浴したって解脱（げだつ）できないよ！」などと言い出し論旨が一貫しない。私は沐浴していたわけでも解脱をめざしたわけでもないことを伝えようとしたが、口を挟ませず、

「たまたまデリーに着いた日の夜行のチケットが取れたからよかったようなものの、それに君のゲストハウスのオーナーが、今日ヴァルナーサンガムのあたりまで行くらしいって教えてくれたからよかったようなものの、俺が見つけられなかったらどうなってたことか」

ととりつく島もない。私はとにかく深謝し礼を言う。ニューデリーの学会の後、運良く連絡が取れたBHUの教授と会う目的もありヴァーラーナシーに来たのだという。

「一人？」

と訊くと、

「そうだよ、どうして？」

と訊き返されるがくしゃみで返事する。その晩食事をする約束をし、ゴードーリヤーの書店に行くという彼と別れ、ゲストハウスに向かって歩き出す。

振り返るとリンガ茸も猿の死骸も、すでにどこにも見あたらない。

強い幻覚作用を持つこのきわめて危険な生物に関する情報が、何故旅行ガイドブックや外務省の海外安全情報などに見あたらないのか理解できない。まだ日本人の犠牲者が出たという話は聞かないが、大きな事故が起きる前に北インドを旅行する人々に速やかに告知し、彼らの注意をうながすことを強く要望する。

岩本の宿は〈ホテル・ガンジスサイド〉だった。

食事のあと、彼の部屋で酒を飲む。最上階の一番奥まった場所のドアを開けると、その部屋のあらゆるものかげにはガンジス川と、月と、下心が来ていた。私たちは窓辺に座る。私は昼間泥まみれになった服を着更えたあと、長袖のセーターを着ている。岩本はグレーの厚手のパーカーを羽織っている。亜熱帯の一月の夜は意外と冷える。眼下にアッシー・ガートの灯りが見える。パーンチャガンガー・ガートで見たのと同じ、竹竿から垂らした紐に籠を吊したのが、あかるい林のように立ち並ぶ。竹籠の中にはめいめい油に灯心を浸した陶器の燭台がともる。スピーカーから讃歌（バジャン）が絶え間なく流れる。この星の窓枠に宙づりになって眺めれば、ガンジスの流れも対岸も塗りこめたような闇だ。インドの女の髪のような、芯まで黒い夜の中に満月（プールニマー）が煙のように立つのが見える。岩本が片手で顔をこする。そう言えば、片桐からのメールで知るまで彼がニューデリーの学会に参加する話は聞いたことがなかったのを思い出す。国際学会に参加するには、相応の時間と手間をかけた周到な準備が必要だ。浅黒い頬がややこけたように見えるのは、急な国際学会参加のために無理をしたのか。それならなぜ、駆け出し研究者のくせに、学会の後の顔つなぎの親睦会にも参加せず、十三時間もかかる列車に飛び乗ったりするのか。

　彼がグラスを私の前に置く。

「昼間会ったとき、君は俺に『一人?』って訊いただろう」

　藪から棒に尋ねる。「片桐先生は一緒じゃないのかって意味だよね」

目を逸らせていると思ったら、意外にもまっすぐこちらを見つめていた。彼の大きな瞳が、その光を強くし過ぎないよう努めながら私をとらえようとしている。

「君が誰にも知らせずヴァーラーナシーに来たことも、ゲストハウスの連絡先も、片桐先生から聞いた」

ビールの栓を抜く。「いいか、俺は逆上している。それを承知してくれ。俺たちが、ひどく微妙な立場にあることは承知している。今、こういう場所で、こういうタイミングで君にこういう事を言うのはアンフェアな気もするんだが。〝アンフェア〟だって言う理由は察してもらいたいんだが」

ビールを自分と私のグラスにつぎ、グラスを合わせる真似をして、「でもこの場合、多少卑劣な手を使ってもいい気が俺はしている。何と言っても俺は逆上しているんだから」

そう言って一気にグラスをあおる。籐の椅子に沈みこむ。彼の腕が肘掛けを軽く叩く。窓の外の月を見ている。岩本は言葉を続けた。

「片桐先生が学会に来なかったのは、いや、来られなくなったのは」

愛人に刺された事件が一部週刊誌を賑わせている最中だからだという。

ガートの讃歌（バジャン）の音が低く流れている。「四日、いや五日前か。ある週刊誌にすっぱ抜かれて、翌日もう一誌に載った。心配しなくていい、軽傷で命には別状ないそうだ」

私はテーブルの上のビール瓶のラベルを読む。〈キングフィッシャー・ストロング〉、一番ポピュラーなインド製ビールだ。岩本はグラスを手に取る。私は彼のグラスにビールをつぐ。何とかこぼさずに注ぎ終わる。

「片桐先生は女に刺された十一人目のT大教授だ」

そう言いながら岩本はグラスを半分ほど干し、「古典学の教授としては初の快挙だ。うちとしては研究室開設以来の荒技だ。教養学部と、それから文学部系統だな、何と言っても別れ話のもつれる確率が高いのは。インド学研究室はとにかくうるおいのある話題が少なすぎる。研究室に溜まってる学生だって、いつ見てもお通夜みたいな顔してテキスト読むか本探すか論文のコピーしてるだろ」

見当外れの方向に剛速球を投げるのが彼らしい心遣いだ。とはいえ、避けられない話題に戻り、私は、

「それで、相手は誰？」

岩本は頭の後ろで両掌を組み合わせ、肘を左右に張って太い二の腕を伸ばす。隙のないその口吻に似ず、若々しく質朴な身体が籐の椅子を軋ませる。

「もう知ってると思うけど、前任の大学で秘書だった女性だ。ずっと続いていたんだな。週刊誌には、もと秘書のK子さんってあるが、俺は彼女と一度会ったことがある。てきぱきした感じのいい女性で、頭のいい人だ。君も頭がいい。彼女がどういう動機に基づいてそういった行動を取ったかは明確にされていない。週刊誌は〝別れ話のもつれ〟とか〝長く曖昧な関係に疲

れ果てて〟とかいった漠然とした言い方だ。だから少なくとも本人のタレコミではないんだろう。何せ片桐先生はうち始まって以来の武闘派だ。さぞかし敵が多いことだろう。研究室は現在噂の痰壺状態だ。あいつら、自分の立場を巧みに守りながら人の悪口言う天才だろ？　インド学研究室アナウンス部の岸谷も、もと秘書のＫ子さんの友達あたりが情報源らしいが、要するに奥さんと別れて結婚する約束をしていたとか、妊娠したから堕胎させたとか相変わらず見てきた様な事言ってたよ」

愛人の鑑（かがみ）だ。私はうめく。かりにも彼の人柄と下半身に親しく接した女が、一夫一婦制の床の間の掛け軸を、めくると裏に書いてあるような行動に果たして出るものだろうか？　だがそのとき、まさにこれこそが自分の待ち望んでいたものであることを私は悟る。つまり、色事にはもれなく俗臭という抱き合わせ商品がついてくるきまりなのだ。なぜ私はヴァーラーナシーに来たのか？　蛇口の散策する星、老人が座り小便に手洟かみ捨て、肉屋が鶏冠のついた頭をまな板の脇に積みあげ、ピンクの象牛が使用済みナプキンを食い、水が三日月形に蛇行する場所、悩殺の最高神シヴァの住むこの魂の排水溝に、なぜ自分は限りなくめりこみにやって来たのかをそのときやっと私は得心する。

ここに来たのは、片桐とよりを戻すためではない。始まりも終わりも呑み込む浅瀬（ティールタ）で、三か月の恋心の死体がつまった携帯電話を荼毘に付すためだ。今ここでないどこかへ渉りたいという身悶え、だが巡礼はいつも永遠の堂々巡りだ。なんどこの宇宙を殺しても、そのたびに私は、この世のあらゆる愚かしさが流れ着く恋のはじまりに、繰り返し還ってゆくようなのだ。私はグラスを手に取り、膝の上でもてあそぶ。私の脳裏に〈光のリンガ〉ならびにパールヴァティーの悋気に関するエピソードがひらめく。

すでに私は笑いながら、

「さっき〝刺された〟って言ったわよね。例えばの話、〝ちょん切られ〟たりしたわけじゃないのね」

物事に動じない彼はここでも見事に切り返す。

「片桐先生の行状からして、そういう果報をこうむっても不足はないが、恐らく違う。俺が週刊誌を読んだ限りでは『脇腹を刺され、二週間程度の怪我を負った』としか書かれていない。全治二週間なんて、刺されたというより、ちょっと刃先が掠めた程度じゃないのか？　もし〝ちょん切られ〟ていた場合、週刊誌が被害者や大学の体面を慮ろうなどと考える道理がない。だが仮にそうだとすれば片桐先生は女性にちょん切られた三人目のT大教授ということになるな。例の阿部定事件のあと痴話喧嘩界にもちょっとしたブームが起こって、昭和十年代に二件続いたらしい」

私はかるく頭を振り、

「岩本さんって、統計好きなのね」

彼の表情がやや和み、

「計量経済学専攻だったからな」

「でも、この場合はちょっと統計の取り方を考え直した方がいいような気がするんだけど」

「何だって、君の言いたいのは、パイプカットも含むかどうかということか、それならデータの取り方は全然変わってくる」

溌剌とした身ごなしで背もたれから背中を離し、岩本はテーブルの下からさらに新しいビールを取り出す。今の彼の発言は、インド学研究室で今年度ミーマンサー哲学の夏期集中講義を行ったW大教授高梨(たかなし)治(おさむ)氏が、秋ごろ宗教学研究室の事務の女性との関係が露見したさい妻にパイプカットを命じられたという事実を踏まえる。岩本は続ける。

「色恋沙汰は個人の自由だ。片桐先生は学者としては尊敬できるけど、女好きのくせに風流じゃないね。彼が目障りだった人たちは現在天にも昇る心持ちだろうが、その点自業自得としか言い様がない。確かに、相手を刺すってのもいっこうに風流じゃない、だが同じ逆上している者として同情する。しかも彼女は俺が君につけこむまたとないきっかけを作ってくれた」

岩本の流れるような論理展開に私は感服する。要するにすべてを彼の強引さのせいにしてしまえばよいのだ。私は手つかずのぬるいビールを飲む。彼の腕が伸び、ほんの少し減った私のグラスにビールをつぐ。インドのビールは弱目のワイン並のアルコール度だ。私が酒に強くないことを彼は知っている。部屋はもはやガンジス川も月も追い返されるほどの男の魂胆でふくらみかえっている。だが私はその有り様を見ても彼をせめる気にはなれない。むしろお安いご用だ、と言ってあげたい。この人が私と乳繰り合いたい一心なのはとても他人ごとではない。

そこで私は、ざっくばらんに言う。

「片桐先生と兄弟になってもいいの？」

思ったとおり彼は動じず、

「俺は愛の偏差値も高いんだ。愛の中高一貫教育を受け、愛の最高学府で学んだ男だ。親友だって陥れる。穴兄弟が怖くて女が口説けると思うか」

少量のビールでほてった頰に片手を当て、私は目をとじた。ヴァーラーナシーに私がいることを岩本に教えたのは片桐だ。その情報によって彼は急遽学会参加を決めたのだ。そのさい、意味ありげな目くばせが、激励と友情の目くばせが、この度外れた師弟の間で、交わされなかったとは言い切れない。私はこの男に惚れてはいない。だが私は、彼の下心の痛々しいふくらみ様を見ても、そのふくらむがままに任せるのだ。私もまた愛の最高学府で学び、もう教えることがなくなったと音を上げた担当教官から、こうして愛の修了証書を手渡されようとしている。シヴァの額を行きつ戻りつした最果て、とめどもなく落ちてゆきながらこの男の腕に抱きとめられた。だがこの瞬間、無念にも私は満月の晩、ガンジスの岸辺で茸に貫かれる雌猿のすがたを思い浮かべてしまう。歯を食いしばってそのイメージを打ち消そうとやっきになるあまり実際に手を動かしていたらしい。気がつくと目の前のテーブルを顔が映るほど拭き上げていた。

「そんなに拭かなくてもいい。これでビールもなくなった。寝よう」

立ち上がるやいなや彼は壁に手を伸ばし、灯りを消した。同時に私を激しく抱きよせる。いくらなんでも話が効率的にすぎる、私が両手で突っぱねようともがくとさらに強い力で抱きしめながら彼は、

「分かってくれ、君みたいな女は俺とは合わない。それなのにこんなにしつこいのは思いこみが激しいんだ。俺はそうそう女には惚れない、だがいったん手を握ると放さないんだ」

この剣幕では土下座もしかねない、これでは愛の最高学府は桜散るだろう。そのときふいに、私は自分が月の光の中にいることに気がつく。窓から満月を見ると腰から力がぬけた。同時に、そういえば今夜あたりはたしか新月ではなかったかと心づくが次の瞬間忘れ、部屋中に月とガンガーがあふれるにまかせた。

情事が始まろうとしていた。今この状況で、この男と結びつくことの、何という安易さ。だが私はその安直さに耐えることができる。この浅瀬（ティールタ）に、終わりのない始まりが縫いこめられている。それがよく描かれた書割の様なものとしても、向こう岸と呼びうる何かはそこに信じられていい。私は黙ったまま、彼がはじめたのと同じくらい唐突に服を脱ぎすて、月の光だけを着て男の前に立つ。男が同じ姿で、この夜の棺桶に入ってくるのを待ちながら、背中をそらせて最後に月を見る。

ベッドランプを点けて男が煙草を探し、椅子の背に掛けたガネーシャの布鞄の中をひとしきり探ってから、あ、インドでは禁煙してたんだっけと呟く。

煙草が高いうえ、雑貨店で外国人と見れば「シガレット？」と煙草を売りつけたがるインド人が鬱陶しいらしい。いったん枕に頭を戻した岩本が、もう一度ベッドに逞しい半身を起こす。彼が体を動かした拍子に上掛けとシーツの間の空気が攪拌され、鉄錆の匂いが立ちのぼる。もうほとんど出血は止まっていたのだが、行為の最中に溢れでた。シーツを血だらけにしてしまった、と謝ると、いいよ後で俺が洗っとくと言う。それに生理中のセックスは嫌いじゃないんだ、と言いながら私の髪の中に掌をさし入れる。

俺の用事が済んだら、一緒にイラーハーバードに行かないか、とその声が言う。その顔が岩本であることを月の光でたしかめる。いかつく優しい顎の線を見る。私はこのとき自分が靴下だけ脱いでいないことに気づき、急に恥ずかしくなる。イラーハーバードは〈聖地の王者〉の異名で知られ、この時期十二年に一度のクンブ・メーラーというヒンドゥー教屈指の大祭で賑わうそうだ。なんでも神話時代に神々と悪魔が海を攪拌し不死の甘露を取り出したさい、壺からそのしずくが滴った場所の一つとの因縁譚があるらしい。

「それで、そのクンブ・メーラーに何を見に行くの？」

「何って、だからガンジス川とヤムナー川、地下にはサラスヴァティー川も来てるっていうんだけど、その三つの川の合流地点で、見渡すかぎり半裸のインド人だらけで、押すな押すなの大騒ぎでイモを洗うようにばしゃばしゃ沐浴しているのを見るんだ。大きなお祭で一か月以上延々とやってる。朝から晩まで寒い中ひたすら沐浴して、物凄い人数のヒンドゥー教徒が押し寄せるから宿もベッドも足りなくて、床でごろ寝して風邪ひいて、宿も食べ物も不潔だからみんな病気になって、それでやっと帰っていく」

「そのクンブ・メーラーって祭の面白さが、いまひとつ伝わってこないんだけど」

と私は答える。

浅黒い頬にえくぼをうかべてのびのびと男がわらい、

「だから、沐浴だって。沐浴。君は沐浴が好きだろう？　見渡すかぎりインド人。ヤムナー川とガンジス川。ヒンドゥー教徒が朝から晩まで血気盛んに沐浴だ。あれ見るとインド人がどんなに偉大な民族か分かるよ」

「ヴァーラーナシーだけで充分です」

「だいいちもう、ここには飽きただろう。ヴァーラーナシーなら近いうちに俺が留学するから、そのとき一緒に来ればいい。二三年にわたってガンジスの岸辺を行きつ戻りつできるよ」

とほうもないことになってきた。断りきれずに、じゃ、お茶だけ、と言って家に上がったら最後、結婚までさせられてしまうのか。ふいに男の頭が水面に沈む。シーツの短い軋り音につづいて私の左胸にぴったり耳を当てた。心臓の音を聴いている。水底からあぶくが浮くように矢継ぎ早に言葉がひらく。

「何処でもいい。イラーハーバードでなくてもいい、カジュラーホーでもレーでもサーンチーでもアジャンターでも、ウダイプルでもいい。君は二週間ここで片桐を待っていた。君が今、俺と行きたいという所に行きたい。どこか行きたい所はないのか？」

〈もしもし〉と私のくちびるが動く。

それでもなお行きたいのだった。依然として、行きたいのは電波の届かない所にあるか、電源が入っていないためつまって流れない血まみれの男の膝の下なのだった。わざわざ目をとじなくても羽や蹴爪や内臓、おびただしい血みどろのがらくたの山の前に座る男が見えるのは、すでにまぶたに縫いこまれてしまったのか。まるで私の言葉より、私の心臓に訊く方が信用できるとでもいうように彼はじっと耳を澄ませる。私の無言を聴いたのち、ところで、本当は何であんな所で沐浴しようとしたの、しかも服のままで、と彼が訊く。そう言われて初めて、自分の取っていた行動が、ある種通俗的想像力をかきたててやまない外観を呈していたことに思い当たる。私はそっと男の頭を自分の心臓から引き剝がす。男の左耳が焼き場の煤で真っ黒に汚れている。男の武骨な顎、髭を剃っていないざらざらした頬、太い眉、鼻すじへと大まかに指をすべらせながら、そこから別の顔だちを掘り出そうとは、とくに思っていない。リンガ茸がね、猿がね、と言いかけて、嚙み砕くことも呑み込むこともできないものを口に入れてしまったときのように、仕方なく私は、イラーハーバードも面白そうだね、と言う。

〈ホテル・ガンジスサイド〉の玄関ドアを開けると、季節の巡りに不意うちされる。炙るような日射しはそのままに、腰から下だけ冷たい水に浸されたような空気は一掃され、一瞬間違った空港で降りてしまった気がした。まもなく訪れる亜熱帯性の春を先取りするかのようなうららかさは、秋から春にかけてのこの惑星の気候の逃げ足の速さをうかがわせた。新しい季節を予感させる太陽に向かい私は掌をかざす。昨日までと一体何が違うのだろう？　じわりと全身を包むこの程よい温気（うんき）は、近々店仕舞いする冬と、開業まぢかの暑熱に関する気の早い案内チラシのようだ。街を行く女性たちも、二週間前とは見違えるような色鮮やかな衣装をまとい、晴れやかな笑顔とロングスカーフ（ドゥパッター）の裾が風に翻る。岩本は手にしていた布鞄をすばやくたすき掛けにし、屈託なく私に笑いかける。彼のお腹にかかった鞄のガネーシャが、岩本と同時に私にひひひ、と笑いかける錯覚にとらわれかすかに胸がおののく。

これからBHUに行くという岩本と、向かい合わせにピッパラ樹の聳える四つ辻で別れ、私はゴードーリヤー方面へ行こうか、それとも行先を決めず足のむくまま路地でも散策しようかと迷う。

ぶらぶら歩きはじめたとき、だしぬけに背後から大笑いが聞こえた。振りむくとガネーシャの布鞄をたすき掛けにしたピンク色の象牛が、岩本の顔面から浅黒い皮膚を美顔パックのようにぴりぴり引き剝がしながら人気菓子店〈マドゥバハール〉の方角へ走ってゆくのが目に入る。いつのまにか私の鞄から盗んだ生理用ナプキンをのこらず、菓子屋の前で客におねだりしている犬の頭上に撒きちらし、象牛はげらげら笑いながらまたたく間にラーマ寺院の方へ消えた。呆気にとられ、その方向へ思わず二三歩、前のめりに進んでから私は足を止めた。受けながすことだけが、象牛への唯一の対処方法だということを思い出したからだ。

同時に私の脳裏にさしこまれた見えない指が、今までかろうじて意識下に押しとどめられていた数々のくり返し映像の再生ボタンを押したのだが、わざわざそんなものを参照するまでもなくこれまで私の過ごした夜といわず昼といわず、縦横無尽にあの桃色のずん胴が跳ねまわってたのは間違いなかった。インドに来るはるか以前から私の行く先々はいたるところ象牛だらけだったのであり、思えばあの義父のパチンコ屋で働いていたインド人、彼のしもべらしい象牛を垣間見たあれが、そもそものインドとの悪縁のもつれ始めだったのだろうか。のみならず私の人生の要所要所に待ちぶせたそれらの象牛、人生は何ものかの悪戯（わるふざけ）だと念押しするためだけに存在しているかのような象牛が、こそこそ忍び足で立ち回ってはあちらで割り込みこちらでちょっかいをだし、鼻うたまじりに私の人生の転轍機を右へ左へ切り替えている、そんな忌々しいイメージが胸に浮かび、その幻から何とか避難しようと私は真横のジュース屋の看板に目を向けた。

そこに描かれた稚拙なイラストのマンゴーパパイヤすもも、グァバざくろいちじくすいか、目に入ったフルーツの名前を順番につぶやきながら、数秒待つ。

それから私はゆっくり、

〈バス！〉

頭を傾け右掌を振り、外国人を発見して駆け寄ってきた子供数人が面白半分に物乞いの真似をして両手を差し出しわめきたてるのを蹴散らしながらゴードーリヤー方面へ歩きだす。

星曝(さら)し

土手に行くんだったら京都方面ホーム側から、踏切を背にしてまっすぐだ。だらだら坂をくだって商店街をぬけ十分とかからない。

熱い陽炎のたつ比攞哿駄(ひらかた)公園(こうえん)駅前。背後で京都出町柳(でまちやなぎ)行き準急が発車した。踏切を渡った向こうは大阪方面ホームだ。私は手の甲で額の汗をぬぐい、深緑色の風呂敷包みと紙袋とを持ち替えた。黄色と薄墨色を用いたしめやかなデザインの紙袋にはK百貨店のロゴ、中身は化粧箱入り線香。風呂敷の中には〈お供え〉ののしのかかった、同じく化粧箱に入り、慶弔用包装紙で包まれた桃八個。

駅前に花屋がある。〈たち花〉と屋号をしるした小さな木の板が打ちつけられ、その下から〈石川時計店〉の看板の、色あせた文字の一部が見えている。

比攞哿駄パークがあるから比攞哿駄公園駅である。私のいる京都方面ホーム側から延びる商店街を北西方向へ進めば淀川へ、大阪方面ホーム側の商店街を南へ行けば比攞哿駄パークに至る。パーク側には大きな駅前ロータリーの周囲にタクシー乗り場や市役所行きのバス停留所、映画館などが並び、こちら側がこの駅の表玄関であることは明らかだ。

　淀川につづく道は大荷物を抱えた人びとでごった返している。

　彼らの運ぶのはありったけの所帯道具だ。老若男女の別なくみなリヤカーを曳き、あるいは風呂敷に包んだ荷物を背負い両手に担い、私のように荷物の少ない者は誰もいない。女も子供も段ボール箱に詰めこんだ柄杓(ひしゃく)や箸、おたまや鉢やすりこぎなどの台所用具を運び、太陽に炙られるように父親の曳くリヤカーの後ろを押している。よく見ると、たいていの子供が顔の両脇で髪を砂時計形にゆわえた、大国主命(おおくにぬしのみこと)ふうの超比攞(ひら)パー兄さんのお面をかぶっていることに気づく。今も目の前を兄さんのお面をかぶった五歳ぐらいの子供がパジャマらしい衣類の裾がはみだしたリュックを負い、シャンプーや石鹼や軽石を詰め込んだ洗面器の入った手提げ袋を下げた格好で比攞哿駄パークの大人気アトラクション〈いざ！　ナミナギ！〉のテーマを鼻唄でうたいながら歩いてゆく。その後ろからやはりお揃いのお面をかぶり、裾のほつれた玄関マットや花瓶や柘植(つげ)造りの万歳布袋の置物などの入った袋をバッテン掛けにした小学校高学年ぐらいの兄妹が、愉しげに〈ナミナギ！〉の景品の桃のグミを食べながら歩いて行く。むせかえるような香りに気づいた前の大リュックの男の子がぱっと顔を輝かせ、「〈もも組〉でしょ?!」飛び跳ねてねだり、兄の方が笑顔でグミをひとつ男の子の口の中に入れてやり、妹の方がその子の手首から手提げ袋を取って自分の肩に掛け、三人いっしょに〈ナミナギ！〉のテーマをうたいながら土手へつづく坂を下りていった。

じっさい、昔から「字ィ読まれへん」とうとまれてきた比攞哿駄市の名を、関西の小学生ならだれでもすらすら書けるほど有名にしたのは、比攞哿駄パーク開園以来空前のヒットアトラクション、〈星幽界（アストラル・スペース）へようこそ・いざ！　ナミナギ！〉だった。

「古事記」に見える、イザナギが亡き妻イザナミ恋しさに訪れた黄泉国の入り口「黄泉平坂（よもつひらさか）」を比攞哿駄（ひらかた）に比定する仮説はつとに知られていたが、それを比攞哿駄パークのアトラクションの基本コンセプトとして採用したことが、毎年一億円もの赤字を計上していた閉園寸前のこの地方遊園地に光明をもたらした。

〈いざ！　ナミナギ！〉は逃げるイザナギと追うイザナミ、この両者がヴァーチャルな宇宙空間を縦横無尽に飛翔してひたすら鬼ごっこに興じるというものだ。いうまでもなく、妻のイザナミを再び生の国へ連れ帰ろうとしたイザナギが、〈見るな〉という禁を破って見たイザナミの死醜の有り様に怖気をふるって逃げ出し、憤怒にかられたイザナミが黄泉平坂まで追跡したという神話の内容を承けたもの、またイザナギは追いつかれそうになると一定数のレプリカの桃の実を鬼に投げるという攻撃的防御を許されている。客は入り口でゴーグル型ディスプレイを装着、これは鬼ごっこの場である壮大な宇宙空間を出現させると同時に対手（あいて）と味方に神々の外見を与え、複合現実（MR）空間にいる複数のプレーヤーは同じ体験を共有することが可能になる。

鬼に捕まらず十分以内に、夏の大三角の一辺をなすこと座のベガとわし座のアルタイル、すなわち織姫星と彦星の間にある天の川中洲の宇宙崖〈よもつひらかた〉を上りきればイザナギの勝ちだ。ゲームの勝者には超高級桃使用のグミ〈もも組〉が進呈され、これは比攞哿駄に工場をもつ製菓会社とのタイアップ開発商品で、たっぷりとグミ内部をみたした桃のしたたりが口中に溢れた瞬間が短い桃の夢、パーク内売店でも販売されてるがつねに品薄で、しばしば摑み合いの争奪戦が繰り広げられる。ともかく土日祝日ともなれば早朝から比攞哿駄公園駅はこのアトラクションめがけて殺到する客で混雑をきわめ、「押さないで！　順番！　順番！」拡声器で声をからす駅員のうなじに汗が光る。

だが七夕の今日、雑踏と混乱はパーク側ではなく淀川側にあった。私は駅前に立ち、脇目もふらず荷物を運ぶ人びとで芋を洗うような通りを眺めた。タバコ屋、和菓子屋、パーマ屋、豆腐屋、肉屋、喫茶店、たこ焼き屋に薬局、車二台すれ違えるかどうかの幅の狭い商店街だ。火事場を裸足で往来するような路上の暑熱に蒸せに蒸せ、許多（あまた）の車輪のたてる音が細長い空にゆらめきのぼる。誰かが道路にやかんを落とすけたたましい音とそれを叱りつける女の声が喧噪を通し耳をつんざく。これはもう集団夜逃げにしかみえない。

公設市場を通り過ぎ、青果店の先で短い上りの急坂がはじまる手前にカメすくいの屋台があった。黄昏をおびきよせる裸電球の篝火（かがりび）のもと、おびただしい岩惑星がぴちぴち右往左往する有り様をみれば矢も楯もたまらず座りこみたくなるが、すんでのところで私は思いとどまった。

化粧箱入りの桃はかなり持ち重りがする。その日私は守口市駅前のK百貨店地下食料品フロアに出むき、TVで紹介されるたび伸びてゆくらしい、期間限定マンゴープリンめあての行列のうねりを縫って進み、ようやくたどりついた果物売り場でそれをあつらえたのだった。守口市駅にもどって準急に乗るまでの間も、比攞哿駄公園駅に降りたったあとも、その風呂敷包みと紙袋を大事に右手から左手、また反対の手へとしきりに持ち替えながら歩いた。

カメすくいの屋台をよほど過ぎ、消防署脇の最後の坂を上りきったそのとき、間断なく車の行き交う府道十三号線の彼方で、夕映えの最後のひときれが潰えるのを見た。眼下は茫々と淀川河川敷である。残照が対岸の高槻側のビルや山裾のつくる群青いろの襞に消えゆき、すでに無尽の星が空にひしめく。

猛火に煽られるごとく商店街を通ったのはつい最前のこと、最後の坂を上りきる寸刻の間の、法外な日の暮れのすみやかさを目の当たりにするとき今夜は七夕なのだ、という特別な報せを耳打ちされたように思う。いまや、長引く黄昏をゆるさない断固とした力がこの夜に働いている。ぞくぞくと私の左右でリヤカーを曳く人びとが堤防へ急ぎ、車輪のふれあう騒がしさの水辺へと果てしなく高まりゆくのがいつに変わらぬ七夕の声だった。

宵闇の淀川河川敷には見渡すかぎり、すでにかなりの数のござが敷かれてたが、さらに後から後からひっきりなしに到着する付近住民たちが水辺で鳥が羽根をひろげるように矢継ぎ早にござを広げ、その上にめいめい運んできた家財道具を並べてゆく。

それは星曝しと呼ばれる。比攞哿駄公園近辺の七夕の風俗である。七夕を旧暦で祝う地域は関西ではめずらしい。その夜各家庭がすべての家財道具を外へ運び出し、淀川堤防に並べて星空の下に曝す。そのアイテムはちゃぶ台や茶簞笥、仏壇、鏡台、座布団、暖簾、布団一式、鍋釜やかんなどの台所用品、その他家庭内で日々用いられる雑多な物品だ。電化製品は除外されるのが通例である。その夜淀川上空には、大都市近郊ではありえない燦爛たる銀河が出現し、ひと晩かけて天球を繞るのがみられる。河原に敷いたござの上に、家族総出で家から運んだ家財道具の雑然と置かれた中、住民たちは夜半まで星を視る。星明りに曝すことで一年間所帯に染みついた垢を洗い、種々の屈託や長引く湿疹を乾かす趣旨だろうか。そもそも太古に交野と比攞哿駄付近は、淀川に注ぐ天野川流域の交野ヶ原と呼ばれた広漠たる原野だった。どちらかというと天野川の大半は交野市を流れ、七夕にちなんだ地名の数多く残る交野市は、七夕伝説のルーツとしてK電鉄も巻き込み地域おこしに熱心だ。にもかかわらず比攞哿駄の淀川流域の一部にこの風習の残存する理由はさだかでない。

私は星明りに涵された河川敷を歩きだした。夜の所々に点在するござの間を歩き、おぼろな顔だちを見きわめながら、星の繞りをはじめる。

ござの上に置かれたちゃぶ台の前で茶を啜っているその小柄な老婆が、角のタバコ屋のお婆さんだということはたちどころに分かった。というのは私を見るなり、

「ああひとみちゃんかいな、さっきみっちゃんが捜してたで」

相変わらず私を隣家の姉妹の姉の方と間違えているからである。妹の光子ちゃんと私は同級生だ。このお婆さんはいつも猫とかわるがわる店頭に座っていた。大きな無愛想な牡猫で、奥の薄闇を背景にした、切符売場めいた額縁の中で何時間でも身じろぎせず座り、客が店の前に立つとすかさずお婆さんを呼びに行くので店番としてうってつけだった。店はタバコ以外にもあらゆる雑貨を扱った。正面のウインドーにはタバコとならんで化粧紙や髭剃り用替え刃、カウンターにはライターや梵天つき耳かきや各種歯ブラシ、すなわち固めとふつう、豚毛、子供用などが鉤型のフックに吊られ整列、他にも荒物や書道用品、さらにカウンターの横にはアイスクリームボックスもあれば赤電話も設置してあるという錯綜ぶりである。だが何を売っていようが、とにかくその中にタバコがあり、そのうえ店が町の角にあるとなれば、誰がなんといおうがそれはタバコ屋だ。昼下がりのものうさに拮抗するごとく大きくのびをして歩きだしたた猫の尾が、フックに吊るされた各種歯ブラシの箱の下端に順にふれてゆき、木琴の鳴るような音色を奏でる。世界でいちばんかすかで恣な楽器。

「さっきおばちゃんが市場から大っきいスイカもって帰っていかはったさかい、一緒に食べよいうんちゃうか、早よ行かななくなるで」

湯呑を回しながら、そうお婆さんは私に注意をうながすのだった。長年タバコを商いながらタバコぎらいだそうである。今も古風なモスリンの座布団を何枚も重ねた上にきちんと座りながら隣のござから流れてくるタバコの煙を片手でかるく押しやった。

星曝しの風習はいくぶん祖先祭祀といりまじっているものと思われる。というのはこのタバコ屋のお婆さんは三十年前に亡くなっているからだ。私はお婆さんのござを辞し歩きだす。河原に所構わず広げられた所帯の小道具は、いっこう請け出されるけはいのない質草の、年に一度の虫干しめいて見えた。

すでに私は次のござの前にいて、そこで膝を抱え星を見ている人をひと目見るなり、自分にとって非常にしたしい人と知ったが、誰なのか分からない。

にわかに見分けがつかなかったのもむりはなかった。それは三十七歳の父で、現在の私と同い歳だ。彼が背にしている茶簞笥、その側面にびっしり貼りつけられた漫画のシールが手がかりになった。駄菓子屋でくれるガムのおまけで、爪でこすって転写するやつだ。ノートなんかに貼るより部屋の家具にこすりつけるほうが面白いから、叱られても叱られても、入手のたびこっそり茶簞笥のそばに座りこんで表面の板をごりごりやった。

世間にこれだけ子供がいれば、時計修理人を父に持つこともありうる。それじたい不幸でも幸福でもない。だが、なかんずく自営業者の場合、その父親像がいたって地味になることは避けられないだろう。およそ世間のいっさいの過剰なものとは縁遠い稼業と映るからである。十年一日のごとく彼は商品ケースと売り台の奥の、ほとんど壁にめりこんだような狭い作業机の前に座り、背中を丸めてすごす。一秒は一秒、一分は一分を計る以外のむら気を起こしたりしないよう、やんわりと時計を説得するのが時計修理人の仕事だ。朝夕のラッシュ時以外急行の停まらぬ小駅、その駅前の軒低い店で。継ぎ目から錆が浮いた横長の看板。そこには〈石川時計店〉と書かれているだろう。中に入ろうとすると、きまって体の幅にすこし足りない箇所で滞るガラス戸。冬、父の両足の下に四角い鋳物の箱がある。行火（あんか）はぼろ布でくるまれ、灰の中には豆炭が埋まっている。朝火鉢で熾らせた豆炭の、灰と布を介した穏和な温みがじんわりその蹠（あしのうら）をへて膝掛けへと伝わり、店のガラス戸のすきま風から痩せた時計修理人をかばう。

仕事の合間、父は座ったまま私にむかって手招きする。父は眼鏡をかけている。仕事中は左の眼鏡レンズの上にさらに小さな円筒形の拡大レンズを掛けている。キズミと呼ばれる、時計など精密機器を修理するさい用いられるそれを外しながら、私の鼻に手ぬぐいをあてがい、「チーン」と言う。反射的に私は息む。私はひどい蓄膿だった。まいとし冬に悪化させ、私のちいさなふたつの鼻腔は四六時中かんでもかんでもかみきれない鼻汁で充満していた。鼻の奥にある空洞、しこたま膿を呑んでふくらんだ沼が地獄めいた音をたてる。悪化のおりはしばしば鼻汁の粘度の異様な高まりのため、いくら力んでも鼻をかむことすら難しく、ただ鼻腔のたてる煮えるような冬の音を聴く。

耳鼻科の先生は、大きすぎるマスクと額のピカピカ光る第三の眼のため、年の頃は不明だ。いつもまず喉を視てから、銀色に光る長い棒をまっすぐこちらの顔に向け、鼻の穴の奥ふかくそれを挿しいれる。時計のゼンマイを巻くときみたいだ。石川時計店のショーウインドーに飾ってある古い柱時計には、四時と八時の方向に小さな穴があり、そこに棒を差しいれ父は一週間に一度ねじを巻く。電池の時計が一般化する以前の年代物だ。ゼンマイの質にしたがって一日巻き、三日巻き、七日巻きがあると父は教えてくれた。私のゼンマイはさしずめ、粘度の高すぎる海の中でたちまち息絶える不良品だ。

　顔の奥にあるこの底無し沼のため、めったに気の晴れることのない私は憂鬱な子供だった。とりわけ学校ではなるべく目立たぬようにしている。クラスで誰にむかい何を言っても、

「なに？　なに？」

　そのたび訊き返される。ひどい鼻詰まりの、やや不明瞭なしゃべりかたを真似る剽軽（ひょうきん）者があらわれる。それはすみやかにクラス内に伝播する。世界が殴るのなら、なんであれ別の世界へ、新たに自分で見出した世界に遁げこむしかない。さしあたり本に心身のいっさいがっさいを押し込んだ。想像力という遊園地は広大で、手続きは不要で、いつまでいてもいいらしい。学校の図書室にはいつも数人の生徒がいた。つまり私と同じように、すでに世界は居心地の良い場所ではないと感じている子供たちだ。夕焼け、開け放した窓から楠、ヤマモモ、夾竹桃や葛などのいり交った雑木林をこえてくる風、ときおり焼却炉の煤まじりの煙が入ってくるあの部屋での時間。ふと本から顔をあげる。女子だけだったのは偶然だろうか。彼らも教室に病院の待合室の匂いをかぎ、友だちのおしゃべりをうわの空で、だが決してそう気づかれぬよう苦心しながらやりすごす場所と感じているのだろうか。誰かに面倒な言いがかりをつけられていると感じるとき、ひとまず自分内の拡張現実（AR）空間で相手のそのよく動く口に図書室の『原色日本蛾

類幼虫図鑑』で見たありとあらゆる芋虫と毛虫をたからせ、徐々に羽化させてゆく、そんな作業を行っているのだろうか。中のひとりは髪が夜のように黒く長かった。比攞哿駄パーク側の商店街にある食堂〈菊力〉の子だった。いつも星座の本か江戸時代の農民一揆の本を一心不乱に読んでおり、ぞんざいに伸ばした頭髪の下に、茫洋とした目鼻立ちがしかたなく澱んでいるみたいに見えた。脂性なのか、髪が頭やこめかみや頬にぴったりはりつき皮を剝いだように彼女の頭蓋骨の輪郭をあらわにし、まるで旅のおわりに川からひきあげられたばかりの人みたいだった。

父のござに座り、私は自分と同い歳の父と向かいあい、膝を抱えて星を見た。みえない指が星と星の間に波をえがいてすきまがない。天地の一対の川がたがいを呑みあう。

河原から見あげると、ここへ来るとき渡った背後の府道を織るように車が行き交い、右手の比攞哿駄大橋へと流れるありさまが手に取るように見える。橋の上部を半円のアーチが規則ただしく撓(しな)い、同じ間隔でオレンジの灯がつづく。こちらへ近づくヘッドライトの白色と向こう岸へ遠ざかるテールランプの赤がすらすら交差する。路面に継ぎ目があるのか、ゴトッ、ゴトッ、という音が鉄路のそれのように間歇的に水を渉(わた)る。そのさかんなながめと裏腹に車の発する遠鳴り、エンジンをふかす音やクラクションは、防音ガラスをへだて海鳴りを聴くようで河川敷は静寂である。

そのときくぐもった声が交錯し、ざっと土を蹴る音と家具が叢に倒れるしめった音を私は聞く。もつれるように複数の足音が、夜のござからござへと入りみだれつつ移ってゆく。静まる。
星曝しの夜は、昔から一種の無礼講とみなされているらしかった。ちょっとした盗難はしばしば起こったが、台所道具から寝具にいたるまでおびただしい物品が薄暗い野外に広げられているのではむりもない。ときには女性や子供を中心とした家族の強奪も行われたが、それはかえこと、つまり交換でなければならないとされた。妻どうし、夫どうし、子供どうしの等価交換が決まりだ。ござの上から家族が攫われると同時に、他の家族のメンバーが投げこまれる。それが防げずいったん家族が持ち去られ、よそのござから別の家族を持ち込まれてしまえば元に戻せないのが暗黙の了解である。かえことされてしまった者は観念してその家に合流する。星曝しが終われば、投げ込まれたそのござの家族とともにさっきまで他人のものだった所帯道具を手分けして担ぎ、共に帰宅する。つまりその翌朝昨日までの家と目と鼻の先の家の玄関から、昨日までの別の家の子供が「いってきます」とラジオ体操に出かけ、昨日までの妻がべつの男の妻として素知らぬ顔で玄関先を掃いている。それは毎年くり返される星曝し翌朝の風物詩だ。

　実際のところ、私たち子供にとってかえことの意味はいかほどのものだったか？

「こうちゃん、遊びましょ！」

　いつもの三人組が玄関のインターフォン前でさけぶ。学校のクラスでは決して快活でなかった私だが、家が近所で幼馴染のこの二人とはよくくっついていた。こうちゃんの家は小学校にむかう坂の途中にある。玄関の左にシャッターの下りた車庫、右側は見あげるような石積みの塀。豪壮な一戸建てが立ち並ぶこのあたりは、いわば比攞哿駄公園近辺の山の手、まもなくエプロン姿のお母さんが出てきて、

「あらっしゃい、ちょうどスポンジケーキが焼きあがったところよ。お上がりなさい」

笑顔で招かれ、キッチンのテーブルで湯気を上げる紅茶とともに私たちは手作りのおやつにありついた。こうちゃんのお母さんは東京出身、いつ見ても身綺麗でさわやかな薄化粧をしている。

「おいしい？」

私たちに訊き、小指を立てて紅茶を飲みながら、

「子供にポイっと、お金だけ与えて買い食いさせる親御さんもいるようだけど……駄菓子屋のお菓子って赤とか黄色とか緑色とか、色からして毒々しいでしょ？　おまけにお砂糖の代わりにチクロって悪い悪いものが入ってるのよ、愛情かけて手作りのものを食べさせないとね、見てご覧なさい、買い食いする子はみんな中学生になったら悪くなってるわよ」

その理念はもれなく夫にも貫かれているらしいのだから、こうちゃんのお父さんは間違いなくいい夫に育つことだろう。こうちゃんのお父さんは定食屋も居酒屋もスナックも出入り禁止、朝晩妻の手作り料理を食べ、お昼はもちろん愛妻弁当だそうだ。また家じゅうすべての部屋の

ドアノブには周囲にフリルとリボンの付いた花柄模様のお手製ドアノブカバーが装着され、電話の受話器、ティッシュの箱が裸で捨て置かれるはずがない。これも当時珍しかった出窓には目鼻の位置が怪しいブタの縫いぐるみが飾られ、「おもろいブタやな」私が言うと「パンダよ」むっとして言われた。ところがある年の星曝しの翌日、いつものように私たちがインターフォンの前で、

「こうちゃん、遊びましょ！」

をいくらやっても一向に応答がないのでドアを開けて覗きこむと、知らないおばさんが私たちの前に姿を現した。髪はぼさぼさ、スリッパも履かず、臙脂色のソックスから親指が出ている。前のお母さんとは、ずいぶん違うタイプだ。

頭を掻きながら露骨に「誰？」という顔をしているその女性の脇からこうちゃんがすり足で出てきて、かえことされたての母親に向かいおずおずと、「……お母さんおやつちょうだい」と言う。すると新しいお母さんはじゃまくさそうに、「はい」百円渡す。こうちゃんといっしょにでかけた育ちの悪い私たちは、新しいお母さんにもらった百円を握りしめるこうちゃんを行きつけの駄菓子屋〈かわた〉に案内しながら訊く、

「こうちゃんのお母さん、ゆうべよその人が来て無理からかえことされたんやろ？」

きっと誰かがエレガントなこうちゃんのお母さんを羨ましがったことから引きおこされた事態だと思ったのだ、すると、

「いや、うちのお父さんがお母さん連れてって、緑町の波田さんとこのお母さんとかえことしてん」

思いのほか明るい表情で彼は言い、初めて入る駄菓子屋の乱雑さに目を輝かせる。案外こうちゃんのお父さんは妻の手作りに辟易してたのかもしれないと思いながら、緑色の粉末ジュースや固くて真っ赤な丸いガム、水色の歯ブラシ型ウエハースなどを私は眺め、いつものように一回十円のくじ引きを〈かわた〉のおばさんに頼む。

ちなみに本人の同意を欠く他のござへの連れ去りというかえこととの基本的性質より、その実施者が力に優る成年男性に偏ることはやむを得ない傾向としてあるが、もちろん策略をめぐらすことで女子供でもその担い手となりえた。現に毎年酒癖の悪さや減らず口、家族の前での度重なる放屁などを理由に泥酔その他の心神耗弱状態に陥らされた上、身の回りの品物ごと肌着やパジャマで簀巻きにされ妻子により他のござに放り込まれる夫が跡を絶たなかった。投棄のさいの形状より〈新巻鮭〉と呼ばれた。一般的に星曝しのかえことは衝動的に行われる場合が多かったが、物理的に不利である女性の事情を斟酌し〈新巻鮭〉が放り込まれた先のござの夫は通常、自身がその代替物として攫われるのを許した。もっとも翌年その夫がみずから妻子をかえことするいわゆる「かえこと返し」も往々にして見られ、一家そろって苗字が変わり家の間取りが変わり食事の催促をする姑と十五年飼った猫がいなくなったことを除けば元のさやに収まったかのように思えるかどうかは人による。

相変わらず私は父のござで膝を抱いて座っている。しらしら渉る、星でできた河を見あげる。父は片手で頬をぴしゃり、とやって蚊を打った。その手も頬も眉も若く、しぐさも若い。人の運命のあらゆる側面に吉凶をもたらす星々の複合的作用を受ける七夕の夜は、古来魔が魅しやすいと言われている。じっさい星曝しに集うときの人々は、星明りのもとで誰もが、蚊帳ごしにみる女のように美しい。

ある七夕の夜、母は父にかえことされたらしい。その前、母の結婚直後に父は別の相手と結婚したが、父のその結婚はかえこと目的だったというのが祖母の見立てである。かえことの基本ルールが等価交換である以上、既婚者強奪のためには事前の偽装結婚が必須というのが彼女の理屈だ。じっさいその手の結婚はこの近在で珍しいことではないから比攞誓駄には結婚披露宴を開く習慣がない。披露する意味がないからである。ともあれいかなる宇宙の歌が、誰に何を語りかけたか今となっては知るすべがないが、たしかにかえことが結びつけたのでなければ説明のしようもないほど対照的な夫婦だったのは事実だ。いわば世界を母の輪郭にくりぬいた残りの部分が父だった。私が生まれてまもなく、単調な毎日に飽きはてた母は、結婚前に勤めていた三矢町の踏切わきにあるスナックに再び勤めはじめる。

また夜のかなたで汽笛のような悲鳴がふきあがる。火のついたような子供の泣き声。きゃあ、という女性の悲鳴。〈まいった、俺かよ〉というため息まじりの低い声。舌打ち、不明瞭なつぶやき。

母のみならず、私だって誰かと星明りの下でかえことされたのかもしれない。誰もがかえことによって今、ここにいる可能性を否定できない。そのとき初めて、かえことした方もされた方も、家族ですごす七夕の夜における淀川堤防の意味を、あらためて発見するのだ。いったい、かけがえのないものなどこの世にあるのだろうか？

「かけがえのないものが欲しいんだよ、僕は」

耳もとに声がよみがえる。夫の声だ。

半年前。電車の隅の席に私たちは並んで座っている。

ドアが開き、向かいの席に三十代後半とおぼしき父親と小学生の女の子が座った。父親はダウンジャケットにジーンズ、頬に絆創膏を貼っている。車内がやや蒸したのでマフラーを外したとき、頬を擦ったのか低くうめいた。女の子は赤のダッフルコート、小学校高学年くらいの可愛い利発そうな子だ。ふたりはしりとりの最中だったらしい。

女の子が左右に体を揺らしながら、

「えっと、〈い〉からだっけ、いーいー、〈いぬ〉」

言ってから、ふと思いついたように、

「そう言えばさ、この間ミミちゃんのお散歩行ったらさ、ミミちゃんすごい勢いで走り出して、さくら公園まで連れてかれちゃったんだよ。パパ、いつもお散歩にミミちゃんとさくら公園まで行ってるの？」

「さくら公園はね、他のワンちゃんがいっぱい散歩に来ててミミも嬉しいんだよ」

「おうちから四十分もかかるのに？」

「最近運動不足だからね」

女の子はやや納得しかねる表情で両脚をばたばたさせたが、父親は興味なさげに窓の外を見ながら、

「ぬすみみ」

女の子が、「何、〈ぬすみみ〉って」

「他の人のもちものを勝手に見ること」

「ふうん。みーみー、〈みずべ〉」

「べつばら」

「ん？　ああ、ごはんをお腹いっぱい食べてもまだケーキが食べられるってことだよね」

「そうそう、綾香(あやか)はかしこいな。それとこれとは、まったく別なんだよな」

「じゃ、いくよ。〈らくらい〉」

「いしゃりょう」

「〈いしゃりょう〉って何？　ケガしてお医者さん行ったとき払うもの？」

「似たようなものだよ」

「パパ、ほっぺの傷、もう大丈夫？」

そう言いながら女の子が父親の頬を指さす。

「さわらなければ痛くないよ」

「でもほんとにミミちゃんが噛んだの？」

「虫の居所がわるかったんだね」

「だってさ、とにかくおとなしそうな犬がいい、うるさいのは御免だってパパが選んだんだよ、ペットショップで」

「人も犬も見かけによらないって事だよ。一緒に暮らしてみないと分からないもんだね」

「まあいいけど、ええと、何からだっけ？」

「〈いしゃりょう〉」

「〈う〉か。うーうーうー、〈うに〉」

「何だ、高そうなネタ知ってんだな、駅前の〈廻るスシジロー〉にはないぞ」

「このあいだ、お鮨屋さん連れてってもらったの。ママに」

「ふうん」

「じゃ次パパ。〈に〉からだよ」

「〈にげるがかち〉……二人でいい店見つけたんだな、でもウニったたって回転ずしじゃ、ちょっとなあ……」

「ううん、銀座の、廻らないでかっこいいお兄さんが前で握ってくれるお店だよ」

「……えっ」

「ちゅうがっこう」

「……うごかぬしょうこ」

「このみ。……なんか、この間三つ星獲った店らしいよ。ママ、ミシュランガイドを全制覇するつもりなんだって。『綾香たちだけ美味しいもの食べて、パパに悪いね』って言ったら『自業自得よ』だって」

「……どうりでさっき督促が来てたよ。カード会社から」

女の子が父親に上体をぶつけるようにして、

「ねえねえ〈じごうじとく〉って何？　パパ」

「みからでたさび」

背中を丸め窓の方を向いた父親が平板な声で言い、女の子は「へっ？」という顔をしたがすぐに、

「びにーるがさ」

「さいあく」

「クラミジア」

うわの空で思案にふけるかに見えた父親が、ふと聞きとがめ、

「よくそんな言葉知ってるね」

女の子が、

「この前さ、ママについてきてもらってお医者さん行ったの。あんまりかゆいから」

「ふうん」

「何が原因か聞きたい？」

「べつに」

「あっそう。じゃ、次パパ。〈クラミジア〉の〈ア〉から」

「あくむ」

父娘はしりとりを続けながら二つめの駅で降りてゆく。

ひと駅ぶんの沈黙の後で夫が言う。抑揚のない声で、

「可愛いよね、子供って。特にあんな年頃の女の子って本当……」

私は黙っている。よくあることだ、隣合わせのシートでぜんぜん違う映画を観ていたのだ。

「確かに僕も、昔は子供なんて欲しいとは思わなかったけど。自分が子供を持つなんて想像できなかった」

いつものように私は曖昧な表情で黙っていた、前を横切ろうとする自転車をやりすごすように。知人を介して知り合った機械メーカー勤務の彼とろくに付き合いもせず結婚を決めたのは、たしかに迂闊だったかもしれない。だが結婚によってもれなく未来という巨大な虚空に、有無をいわさず種々の予定や要求や期待が書きこまれることになるなんて、誰も教えておいてくれ

なかったのだ。しかもそれらは一見して消えるインクで書かれているかのようで意外に消えない。たとえばある日曜日の夜、夫は友人の誕生日に招かれ夜遅く戻る。私がコーヒーを淹れるのを待ちながら彼はリモコンを持ち、次々チャンネルを変えながら、

「子供、可愛かったよ。あいつ、学生時代は結構遊んでたのにさ。すっかりパパぶりが板についちゃって、おむつ替えの手際のいいのなんの。奥さんの妊娠中から、父親教室ってのがあって、さんざん練習させられるらしいね」

多少誇張された快活な調子で言うわけだ。その日旧交をあたためた相手は高校時代の友人とその妻で、八か月の子供がいる。実は夫と一緒に私も招かれていたのだが、体よく理由をつけて遠慮した、そのことを夫が腹立たしく思っていることも知っている。「あんなの見てたらさあ、誰だって子供欲しくなるよな。……だってさ、自分の存在証明なわけじゃない子供って。人間にとってかけがえがないものは何か、人と人との繋がりって何なのか、改めて実感したよ」

私はケトルのお湯をコーヒーフィルターの上から注意深く輪をえがくように注いでいたが、こうすればまんべんなくコーヒーを抽出することができるし、ずっと黙っていることを不自然でなく見せることができる。夫の口から出ているのは、何度聞いてもなじめない音だった。それが環境音楽なのか施錠音なのか、川の水が危険水位に達したことを知らせる警告音なのかも私にはわからない。フィルターからはあたかも演歌歌手の足元でたかれるスモークのごとく大

量の湯気が湧き起っていた。部屋は寒かった。

彼の前に湯気の立つマグカップを置きながら、私は星曝しの風景を思いうかべる。毎年のござの上にならぶそれらは、玄関や台所や茶の間や寝室を成り立たせる種々雑多な物品だ。つまり鍋釜ややかんや菜切り包丁や栓抜きが台所を構成するのと同様、〈子供〉が家族を成立させる必須アイテムである、彼はそう考えるらしい。確かにしゃもじがないとご飯がよそえないしたまじゃくしがないと味噌汁がすくえない、そのように子供がいないと困るのだろう、しかししゃもじやたまじゃくしはかけがえのないものではない。きっと船乗りが頭上に北極星をさがすように、彼は〈家族〉の形に〈今、ここ〉をもとめるのだ。だが〈今、ここ〉はたえず点滅する、切れかけた電灯みたいに。わざわざそんなものをほしがる理由は何だろう？　彼の口にする〈人と人との繋がり〉あるいは〈存在証明〉といった不思議な言葉は、すみやかにバラバラにほどけて星間塵のごとく私たちの居間をさまよい、それらの間には衝突も合体も起こらず、いっこうに惑星を形成するけはいはなかった。部屋の寒さのせいか、彼は話しながら顔の前で軽く両掌を合わせるようにしたが、それはまるで未だ生まれていない子供の霊をあらかじめ弔うしぐさに見えた。正確な数字ではないが比攞哿駄の子供のおおむね三人に二人はかえことされると言われ、「こうちゃん、遊びましょ！」でおなじみのこうちゃんも、お母さんのかえことの翌年にはかえことされて、七夕の翌日玄関に出てきた新しいこうちゃんに私たちは恐る恐る「えっと、じゃ、……遊ぶ？」誘ってみたらにこりともせず「あ、僕人とつるむの好きじゃないし」言った声の後半は閉まったドアの向こうに消え、その後学校で元こうちゃんを見かけることもあったが、時空と記憶を淀川に流しさった他人の顔だった。また、よく言われるように一度かえことされた人ほど再度かえことされやすい傾向があるらしく例えば新学期の朝、先生が「はい、じゃみなさんひとことずつ、はじめましての自己紹介ね。じゃあそっちから」と言われ指された児童が「あ、ぼく田中……あっ山田……えっと鈴木……ちゃうわ高橋、ススム……やったっけ？」と周りに訊き「知るか」いっせいに返される、そんなありふれた日常風景を思い出すにつけても、仔犬が自分の尻尾を追うようにくるくるめぐる姓名など売り払い、番号制でも導入するのがいっそめでたい。ともあれ至高のグアテマラ産コーヒーの深い香りを嗅ぎ、まだ十月というのにしんしんと底冷えのます部屋の中、私は身を縮め自分のカップを両手で包み込み、

「まあ取りあえず、仕事もしてるしね……。今は私、欲しくないな、子供は」

遅刻の言い訳をする中学生さながらだ、夫はマグから唇を離し、

「今は今はって、いつならいいわけ？　もう年齢的にもぎりぎりでしょう？　全然まじめに考えてないよね」

夫との間には他にとりたてて大きな問題があるわけでなく、私としてはできれば日常へ軟着陸すべく妥協点をさぐりたい、だが同じ寒い部屋で、私たちはそれぞれに寒がっている。ふうっと息をつき、ゆっくりコーヒーを飲み干すと夫は、「さあ、シャワーでも浴びて寝るとすっ

かな」立ち上がり、口笛を吹きながら部屋をでてゆく。すばやく盗み見た彼の横顔の、わがままな子供に付き合わされるときのような苦笑いが、私の目に映った。まだその夜は、かろうじて。

　がたん、夫と隣り合って座っている郊外行きの電車が揺れた。車内アナウンスが粛々と次の駅名を告げ、しりとり父娘の消えた向かいの席には学生風の男が座ってマンガ雑誌を広げている。男の背後の窓に、温めた牛乳に張った膜みたいな昼間の月が翻り、夫の言葉がその周囲を暈（かさ）のように淡く覆ってゆく、

「他と置き換えられないもの、交換不可能なもの、それは家族だよ。でないと何のために生きてるか分からない。だから僕は欲しい、かけがえのないものが欲しいんだよ、僕は」

　乾いた声が読み上げる、いくたびもくり返された不毛な話し合いの、不毛な要約。あの夜の苦笑はとっくに彼の顔を去り、代わりに、長く催促しなかった借金を取り立てようとする人のうかべるけだるい無表情があったが、この期におよんで私は正直すぎる、

「それはそれとしてさ。まあ取りあえず、今は……」

　そのとき遅ればせながら、ようやく彼は悟ったらしい。取りあえず、今はと数年間言い続けた私の言葉が決してこの先も変わらないことを。せいぜいが、世界と折り合ってみせるだけの薄わらい。電車のドアが開く。線路の向こうに後ろ向きに停まったワゴン車の、後部座席にチャイルドシートの赤い背もたれが鉄格子のように覗く。跡形もなく消えたい、何ひとつ残さず、

私は思う。だしぬけに彼は席を立つ。おとしよりに席を替わるためではない。開いたドアから出て行く。私はとつぜん隣の席に現れた広すぎる空間をもてあます。それが降りるはずでなかった駅だったことで、その背中はすでに私の夫ではない。駅舎の屋根と車両の間からこぼれる光に斜めにまみれたその、焦茶いろのコートの背中は。

四か月後、部下として働いていた派遣社員の女性と彼が盛大な結婚式を挙げた時、ひと回り年下の彼女はすでに妊娠している。久しぶりに私は、七夕の比攞哿駄に戻ることにした。

永遠につづく宇宙のゼンマイ。

父のござを辞し、夜空を見上げる。淀屋橋(よどやばし)から各停でも三十分ほどの淀川上空にひろがるのは、一夜をかぎりの原始の天の原だ。焚火のように火の粉を散らす夜空、星の繞りは正確無比の時計じかけ。

手ぎわよく荷物をまとめ、夫はバッグ一つ持って部屋を出て行った。彼は旅行雑誌の専属ライターのように旅慣れている。夫の残した空虚のせいというより、夫の負担すべき家賃の非存在から私はまもなく部屋を解約する。結婚生活の間も非正規で仕事を続けていたのは賢明だった。引き出しを開けて、また閉めただけのこと。寂しさ虚しさはしばらく私の内にとどまったあと、犬の遠吠えのように不意にやんだ。

普段より豪勢な星空のもと、桃と線香の包みを持ち替え、ふたたび河川敷を歩きはじめる。

川向こうのビルや木立がおびただしい星を背景にくろぐろしたシルエットに切り抜かれる。北側の樟葉(くずは)方面に、ゴルフ場付近だろうか何本もの鉄塔が建ち、間断なく頂上が赤く瞬く。この淀川べりの七夕の夜を歩きながら、同時に世界中のあらゆる夜を私は歩いている。真夏の淀川土手の草いきれを鼻腔いっぱい嗅ぎ、足首にバッタの跳躍のこそばゆさを感じ、おびただしい隕石が惑星に襲いかかる重爆撃音を聴き、〈今、ここ〉から刹那ごとに自由になる。黒い鶏冠のような対岸の木立の間に、強いヘッドライトの光がちらちら隠見(みえかくれ)した。対岸のライトの反映が水上に長く延びて星と混じり、星座を泡立てながら比攞駕駄大橋方面に移動してゆくのを私は眺めた。

次のござの前に立ったとき、ゆかた姿のお婆さんが仏壇の前に正座している。洗いざらしの木綿に、白地に紺でえがかれたおおまかなゆかたの柄がほんのりうかぶ。小さい陶器に入れた水、仏飯器に盛った御飯をお婆さんが仏壇に供え、線香の煙が真っ直ぐ立って星の靄に混入する。お婆さんの白い襟から見覚えのあるうなじが覗き、それが敬虔に垂れて数珠の間に合掌していたが、ふいに顔を上げ、

「ああ、あっちゃんええとこに来たわ、腰揉んでえな。たのむわ、あんたうまいさかい」

私にむかって言ったから間違いなく父方の祖母だった。星の紛れで渚のようにとりとめのない顔だちから、時間のあいまいな霧を裂いて、通いなれた道筋と界隈の面影が胸によみがえる。

駅から土手へむかう商店街をゆるゆる下る。青果店の先の急坂の途中に大きな無花果の葉繁

りが見え、その左側にはお尻に注射をするというので当時比攞哿駄小学校の児童全員が夢にうなされた小児科医院の色褪せた看板が夕陽に晒されている。坂をのぼりきった左に浄願念寺がある。地勢の要々で、まるで待ち伏せるかのようなお寺と私たちは出会う。戦国時代に本願寺派寺院を中心とした比攞哿駄寺内町の形成された歴史があり、比攞哿駄には本願寺派のお寺が多い。庭か門か玄関口に、必ず三毛猫がいるそのお寺の脇の急坂を下りれば伊加賀本町だ。坂を下りるとすぐ右手に、隣接する露地へと上る階段があるが、その勾配を見ればここが崖といっていい急勾配に三方を囲まれた地の底と知れる。この周辺で遠近が不思議な入り組み方をするのはそのせいか、かなり遠ざかったと思うころ背後の浄願念寺の、本堂で僧侶と門徒らの相和する礼拝の響きが南無南無と耳たぶにからみつくことがある。

　まもなく右手に風呂屋があり、焚付のおが屑が詰まった、ドラム缶ほどのビニール袋を肩に載せた男がボイラーのある脇の狭い露地に入ってゆくのを見おくった。小さな辻の一角に建つ、古ぼけたアパートはすぐそこだ。ひび割れ、染みが目立つ外壁。両側についている、表面の白い塗りが剝げた急な外階段。上部に小さな四角い磨りガラスの嵌まった、合板ベニアを打ち付けたドア。標札はめいめいドアの上部や右側の壁に掲げられ、それらは板やプラスチックや名刺大の紙など、すべて創意工夫に富んだものだ。洗濯物を見れば年寄りや独身者の多いアパートと察しがつく。ときおりこぼれるひそひそ声、夕刻にただよう煮炊きの匂い。落ちてゆく音はするが上ってゆく音はしない。この箱の中に詰まっているのはいずれもそっくり同じ間取り、同じ日向くささの部屋だ。

アパートは道路に向かって側面を見せて建つ。波打ちトタンから漏れる日光が天窓のようにコンクリートの床で小鳥のたわむれの影を描く。玄関は通行人の目に触れない方向に並び、ところおきなく住人はおのおののドアの左右にパンクした自転車や手回し脱水式洗濯機、縄で十字に縛った不要な布団、ちびた箒とちり取り、何も植わっていない植木鉢、束ねた新聞、空き缶、蓋付きゴミバケツ、夢をみすてた後の長い退屈などを置く。そのアパートに住んでいるのは、絵描きになりたかった看板書きや歌手になりたかった掃除夫やＦ１ドライバーになりたかった弁当屋、なぜかそんな人ばかりだった。

やはり時計修理人だった祖父が早世した後、父方の祖母はこのアパートでひとり暮らししていた。祖母が何かになりたかったかどうか知らない。駅前の長男の家、つまり私の父の家に彼女が住むことは論外だ。物理的に無理であるうえ嫁とはそりが合わない。祖母はパーク側のアーケード商店街にある〈くらわんか餅本店〉という和菓子製造販売所に毎日パートに行く。比攞駕駄名物「くらわんか餅」は、大坂の陣で家康の難を救った功により、淀川で食べ物を商う権利を与えられた船頭が比攞駕駄近辺の淀川で出した煮売茶舟に由来する。餅や酒、ごんぼ汁などの軽食を、三十石船の船客に売る舟は、「餅くらわんか、酒くらわんか」などと呼び立てる売り子のいささか鼻息の荒い売り声から「くらわんか舟」と呼ばれ淀川の風物詩として親しまれた。

祖母は私を可愛がったが、理由のひとつに私の按摩の才能があると思われる。立ち仕事は彼女の体にこたえた。母がスナック勤めに出る夜、しばしば私は祖母のアパートに泊まりに行く。按摩のあとの「ああ、楽になった、ご苦労さん」という祖母のねぎらいの声と安らいだ表情、そして横長のがま口から出してくれるささやかなお小遣いに私は慰安をもとめた。

　按摩のあいだに祖母はいろんな話をする。

　全身を揉みほぐされる心地よさの中で、陶然と布団に伏せた口もとから漂い出るくぐもった声が、

「なああっちゃんよ、前な、おばあちゃん浄願念寺の坊守さんに見せてもうたことあんねん、あのお寺、庫裡にひみつの戸棚あって、なんやしらん代々その戸棚にな、オスの三毛猫を一匹隠しとくんやて、お寺さんのすることは訳わからんな」

　とか、

「あっちゃんはほんま目ェ良うてよかったなあ。長ごうメガネをかけとるとな、メガネと鼻くっついてまうねん、それ切り離さんとわやになってまうねん、お医者さん行かなあかんねん。でもこの辺でそのお医者さん南町に一軒しかあらへんからこの前聞いたら二年待ちやねん」

　とか、町の噂や昔話の合間合間に、とても本当とは思えない話が交じるのだったが、性懲りもなくそれらを残らず信じ込むという形で、私は祖母の法螺話に敬意を示した。思うに祖母の法螺に私が何らかの魅力を感じているとすれば、森羅万象が無数のありようからたまたま一つ

を選んで〈今、ここ〉にあること、その事実をいったん御破算にして世界の〈かもしれない〉を取り出す祖母の手つきに対してであり、いわば祖母なりのやり方でそれらを成仏させているともいえるのだ。

夏休みに入った日、さっそく私は祖母のアパートに泊まりに行った。

按摩を始めるとまもなく、祖母が上機嫌で、

「なああっちゃん、さっきお月さんきれいやったなあ。お月さんな、満ちたり欠けたりしやるやろ？　あれはな、まいばん決まった量をお月さんの裏側からかじる顔の丸いおっちゃんおんやで」

「へえ」

「そや、商店街のパーマ屋で行商の人ら見たやろ？」

「うん」

その日私は偶然パート帰りの祖母と商店街で行き会い、いっしょに買い物を済ませてから帰宅したのだ。

パーマ屋は商店街のなかほどに位置し、道路側は大きな一枚ガラスの窓だ。クリーニング屋に入っていった祖母を表で待つ私の位置から、向かいのパーマ屋のガラス越し、手ぬぐいを姉さんかぶりにしたもんぺ姿の老婆と男の子が店内に立っているのが見えた。野菜の入った大きな籠が床に置いてある。白いポメラニアンが尻尾を振りながら籠をくんくん嗅いでいる。パー

マ屋のポメラニアンの件でも祖母の法螺でひどい目にあったことがある。以前祖母と二人でパーマ屋の前を通りかかったとき「あの犬、ぬいぐるみみたいやな」私がいうと祖母が、「よう見てみ、背中にチャックついてんで」「うそやん」「しらんかったやろ」言われてああそうなんやと思いこみ、翌日パーマ屋の前で店の人に抱っこされていた犬を「ちょっと見して」背中を撫でまわしてチャックを捜してたら大笑いされた。たまたましゃべりの節っちゃんのおばちゃんが居合わせた不運のため、その話は節っちゃん経由でまたたくまに学年中に広まり、以来どこへ行っても私は「チャック」と呼ばれ、背中にチャックもしくはポメラニアンの絵を描いた縦長の紙を貼りつづけられた痛恨の一二週間があった。パーマ屋では野菜売りの老婆が、そのとき客の髪にハサミを入れている最中の美容師と何やら押し問答している。お婆さんと男の子は前年の春、二人でやってきて風呂屋の二階に棲みついた。男の子は毅といった。風呂屋は物置だった二階の一部を整理して遠縁の二人に提供したらしい。その部屋の窓はすべて通りに面し、洗濯物は回覧板のようにのこらず人の目に触れる。

うつぶせのまま祖母が、

「あの人らは、もともと比羅胬駄の出身らしいんやけど京都の方行って、伏見やったか墨染やったか、去年まで住んでたとこが立ち退きなって。しゃあないから比羅胬駄に戻って来たらしいわ。風呂屋の旦那さんの方と縁つながりなんやて。自分とこはご近所に豪邸建ててはるから、あんなとこなんぼでも空いとるわな。ああ、そこもっと強く押してんか、踏んでええさかい」

私は祖母の体に馬乗りになって両掌や肘を使い、祖母の背中から腰にかけての凝りを制圧しようと奮闘しながら、

「知ってる、駅で、よう、見かけるし。男の子の、方は、私より、いっこ、学年上や」

毅についてはもう少しだけ知っていたが、黙っている。

生まれたときから私は駅前に住んだ。町じゅうの人が毎日駅をめざす。毎朝、私は父の言いつけどおり店の前を掃除する。休みの日は昼も夕方も、店の前から左右の道路、駅のスロープにかかるあたりまで掃く。そして駅めざして来る人びとを見る。通勤するサラリーマン、通学する学生、大阪への買い物客、隣の比攞哿駄市駅の市役所に用足しに行く人、盲導犬を連れ香里園の病院に通院するお爺さん。大部分の人びとはちらりと、ちり取りと箒を持った子供に目をやるだけで小走りに通り過ぎる。駅へと急ぐ心があるだけである。急ぎながらそれぞれちいさな欠片を駅前に落としてゆく。あるいはタバコの煙とともにふかしていた思案と放心を、吸い殻とともに駅前でなげすてる。私は手にした箒でそれらを残らずちり取りに掃き入れる。

当初、毅は学校よりは駅でよく見かけた。土日は必ず、平日もときおり。それは淀川側の商店街をちょっと下った電器店前に集まって私たちが集団登校するよりずっと早い時間だ。お婆さんは毎朝栄町の農家から野菜を仕入れる。伊加賀栄町は祖母の住む伊加賀本町より南の、K電鉄の線路を隔ててパークの向かい側に位置する区域で、何軒かの農家が野菜を作っている。ニンジン、牛蒡、キャベツ、キュウリなど採りたてのトゲトゲ、みずみずしたのを大きな風呂

敷に包み、お婆さんは京都方面のK電車に乗る。神社仏閣の参道に近い元のシマで野菜を売るのだ。土日には毅が荷を担いお婆さんに同行する。駅員は知らんふりで子供を通してやってるようだ。彼女が朝、荷物を重く感じるときには平日でも毅は行商に同行する。そういった環境のせいか彼は同級のほかの子供たちよりきわだって大人びて体も大きい。

学校が休みの日、店の前で掃除してるとき同級生に会うのはいやだった。

「いしかわとけい〜て〜ん〜」

何が面白いのかうちの店名を、当時流行っていたCMソングからの借用らしい節回しで連呼しながら通り過ぎる男子もいた。

「発表会に着る服、梅田で買うてもらうねん」

よそゆきを着て手を振り、両親とともに電車に乗る女子もいた。知り合いでなければ声はかけないし目も合わせない。だがその男の子、周りから毅と呼ばれている風呂屋の二階の子は、大荷物を背負い祖母に先んじて駅まで歩いてくる途中、きっと遠くから私の方を見ている。ふと気づいて私が顔を上げると、視線がひとつにつながる。利かん気そうにひきむすんだ口もと、凜々しい眉やきらきらよく光る大きな目。なぜ私を見ているのか、その謎が私にはどうしても解けない。

彼があまり他の男子と遊ぶところを見たことがないが、それは私の行動範囲での話、自由な時間を彼はたいていい川べりですごしていたらしい。

あるとき彼の淀川仲間らしいのが学校の廊下で大声で話している。

「この前、おれが川で捕まえたやつ、エビみたいに触角が長うて灰色に青いポチポチ入ったやつあるやん、あれ持って来て理科の大田先生に見せたけど名前知れへんねん」

淀川べりに行くと昼間から釣り糸を垂れている大人が結構いる。川の水は濁ってるが、箆鮒(へらぶな)や鯉なんかが釣れる。やたらアミを振り回す奴のアミの縁が毅の尻に当たり、彼はふり向きざま「痛いやんけ」力まかせに水を掛けてやり返す。悪ガキ一同が水しぶきを上げ浅瀬を走り回ってると、

「われら、ほたえるな。魚が逃げてまうやんけ」

釣りをしているおっちゃんに怒鳴られ、喚声を上げ走ってゆく。追いつけない距離まで逃げたと確信したところで「あーほー」と全員で声を張り上げるのは万国共通の子供の常識である。

「理科の大田なんか、あいつ、淀川におるもん何も知りよらへんやろ」

「でも毅は知っとおんねんで。あいつすごい、訊いたら何でも知っとる」

「で、何ちゅう名前やゆうとった」

「忘れた」

以前の棲み家も川のそばだったのだろうか、と私は想像してみた。京都の淀川ぞい、桂川、東高瀬川、鴨川。

彼の祖母は行商の商品が売れ残ったとき、持ち帰って近所の顔見知りの人々に売るのだった。

その強引さと執拗さには定評がある。そのとき私はクリーニング店の表で、なかなか出てこない祖母を待ちながら、暇つぶしにパーマ屋の店内を見ている。その店の経営者である美容師は人が好いうえ、売れ残り野菜へのひとかたならぬ愛情がわざわいしてしばしば押し売りの憂き目に遭う。この商店街には一挙に六人がかえことされた年がある。つまりパーマ屋と八百屋、靴屋と肉屋、ならびにおもちゃ屋と荒物屋の女房同士が行き当たりばったりにかえことされたのだが、このようにアットランダムで偶発的な家族の形成に際し、ひとまず学校の先生方は生徒の名前が変わらないのにほっとした。学年の半ばで生徒同士の名前が入れ替わるのは大層紛らわしい。そのため転任願を出した教諭もいたぐらいだ。それにしても技術的要求水準という点で、なかんずくパーマ屋にかえことされた元八百屋妻は災難というべきだったが、一か月もたたぬうち大根を洗ったりじゃがいもに値札をつけたりしていたのとかわらぬ手つきで客の洗髪をし、客の頭にロットを巻いたりした。むだ話に忙しいらしい祖母を待つ商店街の夕暮れ時、そのパーマ屋店内は混んでいた。頭に大きなお釜をかぶり、熱された頭皮がちりちり痒いのを我慢しているところへ姉さんかぶりの老婆にキュウリや茄子を鼻先につきつけられ、困惑している客たちの様子がガラス越しにもありありと見える。パーマ屋のドアを入ってすぐのところに殺が立っている。

烈しい日没(いりひ)のただ中、パーマ屋の窓に通りの様子がくまなく映り込む。私を浮かべゆるやかに流れる風景、クリーニング屋とその右隣の精肉店、左隣のお好み焼き屋。それぞれに絶え間なく浮沈する人びと、通過する車と自転車。じぐざぐ強情に続く軒庇の稜線。窓ガラスの谷底にひしめく映像はあたかも、人がいく通りもの生の時間を同時に所有しうることを暗示するように、何重もの映像がきらきらだぶる、その中央で縠がふり返る。

すべての風景の錯綜をつらぬき彼の視線があやまたず私をとらえた。とらえられたと思った、その瞬間私の鼻は肉屋から漂う、ラードとヘット入りの甘い油の匂い、たこ焼きとお好み焼きのソースの匂いを嗅ぐ。同時にガラスの向こうの彼がパーマ液とヘアスプレー、化粧水とオーデコロンのいりまじったきつい匂いを嗅ぎ、そして祖母の仕事の終わるのを待ちかねているだろうことを私は思う。クリーニング屋から出てきた祖母が私の視線の先をちらりと見た。彼女は黙って歩き始め、私たちは公設市場の方に歩いてゆく。

「あっちゃん、関節に薬塗って欲しわ」

恍惚と目を閉じ、間延びした祖母の声が私の耳に届く。

私は傍らの籠と棚をさぐる。爪切りや耳かき、束ねたゴムと布きれ、目薬と薬袋、ずっと動かない時計、タイトルがこすれて読めず、表紙がわずかに何本かのかがり糸だけでつながっている小型辞書などでできた渦の中から筋肉痛の薬を選び出す。そのとき私はかすかな香華の匂いをかぐ。二枚ならべて敷いた私たちの布団の足元、窓際の隅に仏壇がある。朝、仏壇の観音開きの扉をひらき、夜寝る前に閉じる。祖母は毎日朝と寝る前にお灯明と線香を上げ、数珠の合い間から題目を唱える。食事の前、祖母は決まって「ほとけさんに水と御飯あげて」と言う。

私は御飯と水を仏壇の所定の位置に置く。祖母の所作を真似て線香に火を点け灰の上に挿す。仏壇内の小さな丸布団の上の鈴（りん）を、ちん、と叩く。合掌。祖母によれば仏壇には曾祖母の代までの位牌が納められているという。無数の墓石のように見えるのは、薄暗がりの中で位牌が何年も拭かれることなく旧い埃にまみれているからである。ひとつだけ新しいのは、しょっちゅう彼女の手によって拭われている、彼女の夫の位牌だ。新しすぎるその位牌は、まだ周囲の旧い系譜になじめず困惑しているように見えた。

〈肩こり、筋肉痛、腰痛に効く〉と書かれたその大きなチューブを私は絞る。ツンツン匂いのする白い軟膏を、祖母の肩と肘、膝にまんべんなく塗り込む。

祖母はうっとりした顔つきで、

「あの毅ゆう子ォのお父さんはテキ屋さんや。テキ屋いうたら、お祭のときなんかに屋台出してる人や。分かるやろ？」

「うん」

去年の星曝しの日、偶然その男を見た。

まだ日の高い時分からちらほら屋台が見え、出かける前につかのま屋台を冷やかして歩いた。坂のはじまりにカメすくいの屋台があった。

それまで見たことがない屋台だった。夜でも昼でもない時間帯の屋台は、黄昏の書割の中にむりやり人工の光を割り込ませた架空の感じが半睡の夢寝めいて、迷ったすえ私は裸電球の光の下に頭を突っ込む。覗き込んだら横長の浅いプールの中で緑色の甲羅がおびただしくうごめき、ところどころしつらえられた島に取り付いたり、混み合いすぎて水中に落下したりするのを見てると、なけなしのお小遣いをはたかずにはいられず、

「一つちょうだい」

がっちりした体格の、わりと若く見える男が愛想よく、

「はいよ、お嬢ちゃん」

アミを受け取る。金魚すくいのと変わらない、丸い枠に紙が張ってあるあれだ。私は初めてのカメすくいにわくわくしてしゃがみこむ。だが結果は惨憺たるものだった。全身の注意を傾注してアミを動かす私の努力にもかかわらず、いったん掬われてしまえば観念してぐったりする金魚のようにはいかず、たちまち紙に致命的な破綻が生じた。

「何してんの」

穴のあいたアミを手に茫然としている背後から声が掛かり、見上げると母だった。私はだめもとで、

「お金ちょうだい」

手を出してみると意外にも黙ってがま口から金を出してくれた。ふたたび破れる。もう一回。私はこの苔いろの大陸を手に入れようと夢中になっている。と三度目の正直、うまく枠にカメが引っ掛かった、突如目の前に現れた僥倖に勢いこんだとたん他のカメが横合いから突入、み

たび辛酸をなめる。口惜しさのあまり私は力まかせに水槽のふちを叩く。驚いたカメが水面から伸びあがり、派手な音をたて飛沫を飛ばす。はっと、母が左右の手を交差させ胸に押し当てる。母は不意打ちの音に敏感なのだ。またもらったお金でアミを手にした私は、もしかして島に上っているカメを枠の部分を使って容器に落としたらいいのではないかと気がつき、同時に上目遣いで屋台の男を窺ったとき、ふと男と母との不自然な沈黙に気づいたかもしれない。水槽に目をもどす。あっという間にアミはむざんな姿となる。母は、

「もうええ加減にしとき」

ぽつりと言う。私は一匹もカメが入っていない容器に目を落とす。男は、

「いいよ、一匹サービスしとくよ」

快活に言い、金魚を入れるのと同じビニールに一匹入れてくれる。

「どうせすぐ死ぬんやろ、こんな屋台のカメなんか」

非情にも断ろうとする母にむかい男は、

「そんなことないよ奥さん、〈鶴は千年亀は万年〉って言うじゃないの」

笑いながら私に手渡すのだった。うれしさのあまり棒立ちになった私がふりむくと、商店街を抜けてリヤカーを曳いてきた父の視線と出会う。星曝しがはじまるのだ。父は目をそらす。母はそっぽを向く。私はカメの袋を手に駆け出して行き、父の後ろに回って荷車を押す。右腕に吊したカメの、ビニール袋の口を縛ったヒモが上腕に食い込む。ミドリガメの宇宙がちゃぷ

んと音をたてる。

私はゆかた姿の祖母の上に身を屈め、軟膏をすりこんだ部分を何度もさすり、もみほぐす。年寄り独特の、なま白く柔軟で、おだやかにゆるんだ肌。膝や肘の、糯のような襞。祖母の肌には痣も傷あともなく、そのためむきだしになった部分のほくろが目を惹いた。ふくらはぎの内外、膕、太ももから尻へ、連綿とつづく系列。その形は世界じゅうでもっとも広く知られたあの七つの星のならびに見えなくもない。けだるい祖母の声はまだ続いている。

「……ここだけの話、あんたのお母ちゃん、結婚前にそのテキ屋さんとつき合うとるて噂があったんや。〈カトレア〉知ってるやろ、お母ちゃん行ってる三矢町のスナック、あこに遊びに来たとき知り合うたらしい。せやけど所詮あっちは流れ者やわな。……まあいろいろあったこっちゃろうけど、お母ちゃんもあの器量やからそのあとすぐ別の人と結婚したわ。ほれ淀川べりに〈かなめ屋〉って大きな旅館あるやろ、二三年前につぶれて、経営者は代わってもうたけどな。跡取り息子を東京にやって勉強さしとったんやけど、それが帰ってきて、そんでその息子に見初められて」

母は家でほとんど笑わない。たまに笑うときはケラケラケラ、特徴のあるかん高い笑い声をたてたが、それはいつかニュースで聞いた、天王寺動物園から遁げた鳥の鳴き声に似ている。動物園の破れた金網から遁げて、他人の家のベランダでケラケラ鳴いてたのだ。スナックのカウンターで客にビールをついだりタバコを喫みながら世間話をするとき、母はよく笑うのだろ

うか。祖母は顔をしかめながら、体を持ち上げて左右の向きを変え、
「せやけど結婚してすぐ、嫁さんの素行が悪かったことをいろんな人に聞かされて、嫌気がさしたんちゃうか。それにみな表立っては言わなんだけど、あんたのお母ちゃん、お父さん早うに亡くすわお母さんはアル中やわで施設で育っとんねや。ともかくその〈かなめ屋〉の息子はやな、すぐ後の星曝しでかえことしたんや。あんたのお母ちゃんと、お父さんの前の嫁さんとや。利害一致ちゅうこっちゃ、お父さん、その年の五月に結婚したばっかりやってんけど、よっぽどお母ちゃんに惚れとったんやな、酔狂なこっちゃ。前の嫁さん、おぼこい感じの真面目なええ嫁さんやったのに」

両親のかえこと話は、しかしそう言った舌の根もかわかぬうち祖母が、いや、そうではなくじつは母には前夫とは別の男がいて、その仕返しに無理矢理かえことされたのだ、などというストーリーを平然と口にすることでそのあたたかな乳色の川を行きつ戻りつするのだった。この間は父の方が一方的に母を無理矢理かえことしたという話だったしその逆も聞いた。他の男が「ちょっと待った」と横槍入れたという、場合によってはこの私が宇宙の藻屑と消える話も聞いた。たっぷり軟膏を塗り込んだ祖母の肌はしだいにあたたかみをおび、光沢とうるおいをまして色づく。祖母の星座がかがやきはじめる。もみほぐすほどにその乳色の川は、ごろごろ鳴り、しぶきをあげて流れわたるようだった。母のように特別綺麗な子は施設でも里親の見つかるのは早いとも祖母はいうが、経緯は分からないものの、早いサイクルで複数の養家と施設

の間を行ったり来たりして母は高校を卒(お)えている。

大阪と京都のほぼ中間に位置する比攞哿駄は江戸時代、淀川舟運の拠点であり、京街道の宿場町でもある水陸交通の要衝だった。旧三矢村界隈は現在、もっとも歴史的町並みが保存されている地域のひとつだ。

うちから三矢町へ行くには、淀川方面の最初の四つ角で右に曲がり、まもなく正面に年輪を重ねた誓鏡寺の門があらわれる。この寺の前で道は直角に右折、折れるやいなや再び直角に左折する。この極端な鍵形の道は、入り口からひと目で町の奥まで見通せないよう、そして外敵が容易に町に入り込めないよう用心する宿場町のしつらえである。

そのスナックは誓鏡寺のすぐ先の踏切わきにある。街道から右手の踏切に分岐する露地に入ってすぐ、重厚な感じの木製ドアがあり、壁面に取り付けられたネオン管が宵に赤紫の光を放ち、〈カトレア〉の文字を闇に浮かべる。

旧宿場町の町並みのただ中にあるその店の左隣は白壁の土蔵、街道側の角に表屋造りの町屋が建ち、旅人が織るように行き交う往時の宿場町の賑わいを彷彿とさせる。比攞哿駄宿には女性による遊興的接待をともなう食売(くいうり)旅籠が多かった。界隈にたちこめたのは歓楽街の賑わいだったろう、ケラケラケラ、特徴のある母の笑い声が耳に泡だつ。行き暮れた旅人の袖を引く飯盛女の路上の嬌声と母の笑い声、同じ客めがけ鉢合わせした女同士の罵声、胸元つかみ合い二人同時に街道に倒れて転がり鳥の喉を裂くケラケラケラ。

私がカメすくいに夢中になった、あの晩の星空の耳を聾する静まりをよく覚えている。

夕方屋台で別れてから、母は星曝しに姿を見せない。ぺんぺん草の生えた土の上にしいたござにちゃぶ台と座布団が置かれ、周りに茶簞笥や人形ケースが並ぶ。例年のごとく、父と二人で向かい合わせに空を見ていた。くるったように星礫をつかんでは投げるような空だった。ふいに流れ星が光を曳く。もひとつ曳く。まるで星の鬼ごっこみたい。私は手を合わせて願う。瞬間しかいらない。

河原じゅうに敷かれたすべてのござの上には冗談みたいに似通った光景がある。ちゃぶ台の周囲に家族が集まる。片手枕にねそべる。簞笥に柱時計が立てかけてある。いつもの晩と違うのは天井が七夕の銀河、床がござをしいた河原ということだけだ。単調でうつろな騒音と映像をひっきりなしに発するあの四角い箱でなしに、家族は星でごった返す空を見る。ここはどこだろう？　ここにいることの意味をいっさい問わせることなく彼らにこれらの小道具を調達させ、それぞれのござの上に座らせる力は何だろう？　人間にここを自分の居場所と思いこませ、飽きもせず寝たり起きたり服を着たり脱いだりさせ、諦念すら、倦怠すらあらかじめ根絶やしにする力とは何だろう？　ただとほうもない。

父をみるとじつにのんきな顔つきで、指を一本一本ほぐす単調な動作を無意識にくり返してるのだった。ゆっくり回して、ぐっと引く。温かい音で関節が鳴る。ござのうえで動くものがある。さっき屋台でもらったカメだ。いつのまにかビニール袋から脱走していた。背中の鉄格子のひとつひとつに星の光を着ている。

カメがござのへりから外に出ようとしたところで私は甲羅をつまんで引き戻す。向きを変え、そっと自分の膝の横に置く。ゼンマイを巻き直したミニカーみたいに、カメは勢いづいて歩き出す。またござを出ようとするカメを父がつかまえる。星屑を払って茶の間の方に向きを変え、ふたたびござに置く。振り出しにもどされるたびにカメは広大な国土の測量士のように、あらゆる角度で横断をこころみる。空で星が繞り、足もとでカメが執拗な計測をくり返す。父と私が疲れて帰宅した夜明けまぢか、まだ母の姿はない。

翌朝目を覚ますと台所に母が立っていた。窓のそばでタバコを喫んでいる。

前夜、寝る前に水を張って流し台に置いた洗面器の、水面に反射した朝の光が彼女の顔立ちを下からまぶしく照らす。美しい女(ひと)がいた。こんなに美しい女を見たのははじめてだ。小さな台所の脇に申し訳ていどの窓が穿たれ、なけなしの日光がさしこむ。店舗と続きの住居はせいぜい四畳、あるいは三畳たらず、それが子供にとっての天地のすべてだ。母が私を見るとき、いらいらしているか冷淡かどちらかだった。自分が脱ぎすてた靴を見るような目。だがその朝はそのどちらでもなかった。

私は布団から出て母に近づく。母の覗き込む洗面器の中でカメが死んでいた。裏返り、鮮やかだった体色がきたなく褪せ、だらんと四肢をなげだしたさまはすでに世界を手放した放恣さそのままだ。

「ゆうべ、一万年目やったらしいで」

母がつぶやき、タバコを流し台に投げ捨てる。

両手の親指をならべて祖母の首筋から背骨へと、圧すにつれしっとりくぼむ。固くて散らしようのない痼（しこり）もあれば、怖いくらい指さきが、深くめりこむ沼沢もある。

「ああ、今日はえらかった。くらわんか餅にパートで入ったとき、最初調理の方をしてくれゆう話やったのに、最近は洗い物ばっかりや。同じ姿勢で洗い物しよったら、腰や背中がえろうて」

太ももをぽりぽり掻き、祖母は昼間の疲れでうとうとしはじめている。ゆかたの袖をまくって腕を掻いた祖母は、

「蚊ァ、おんのとちゃうか、あっちゃん悪いけど蚊取り線香つけといてくれんか」

「うん」

私は立ち上がる。蚊取り線香を取りに薄暗い台所へ入って行きながら、私の鼻は香ばしさを嗅ぎあてる。その日、祖母が焼いてくれたおやつの残り香だ。〈餅くらわんか、酒くらわんか〉でおなじみの比攞智駄名物くらわんか餅を、私は一度も食べたことがない。祖母はそこへ遊びに行ってるのではないから、パート先から出来そこないの餅の一つや二つ、などと期待するのは筋ちがいというものだ。そのかわり祖母はごくたまにおやつを作ってくれる。小麦粉に水と砂糖を混ぜる。フライパンに生地を流しこみ白ごまをふる。ごくシンプルだが焼きたてが香ば

しいそれを私は「おばあちゃんの粉パン」と呼び、祖母の仕事の休みの日に「おばあちゃんの粉パン、焼いて」とねだるけれど、祖母はめったに焼いてくれない。「体がえらい」と布団に寝たまま、職場から拾って来た女性週刊誌の占い欄や、淀通いの同僚から貰ったのか競馬もしないのに競馬新聞の予想を読んでいる。そんなとき私は図書室で借りた絵本を眺める。「ヘンゼルとグレーテル」の挿絵にあるみたいなあれ、壁や窓ガラスやドアノブがココナッツサブレやチロルチョコやマーブルチョコレートでできたお菓子の家を想像してみる。またあるときは体のいろんな部分をこすると、いろんな食べものの匂いがすることに気づいた。肘の内側は卵焼き、おへその横はチョコレート、額の生えぎわはみたらし団子、ときどきこすって匂いをかいでみる。でも祖母の粉パンの香りが一番好きだ。

　私は台所の引き出しから蚊取り線香を出した。手さぐりでマッチを捜しながら、まならうにひとつの風景が彷彿とする。たしかあのカメすくいをした日の、一日か二日後。

　そのころ私たちは靴隠し熱に浮かされていた。ふたつそろって用をなす、一対というあの概念の周辺を浮遊するかのような遊びの何がいったい私たちを魅惑したのか今となっては謎である。毎日飽きもせず私たちは履いている靴の片方を鬼の目から隠すことに腐心する。小学校高学年になっていた私は蓄膿症も一時的に寛解、それまでより活発に外で皆と遊べるようになっている。

　鬼にも神仏にも見つかりようのない場所を求め、私たちはこぼした豆のように四方八方にはじけ飛ぶ。鬼の声がゆっくり十を数え終わるまでの間、この世から消えるのだ。空き地から走りでた私はフェンスをへだてた隣の空き地へ、さらに藪蚊の群れる茂みをすりぬけそれまで足を踏み入れたことのなかった未知の領域へ、いつしか飛び込んでいた。

ペンキ屋か工務店の作業所だったらしい。昼なお暗い木立の中に土台の腐ったプレハブ小屋の残骸が残されていた。背後に蔓草が複雑に絡みついたフェンス、そこから見え隠れに細長い看板を掲げた信用金庫の建物が見え、駐車場かららしい車の排気音が聞こえる。プレハブに近づいた私の耳に、思いがけず、くうん、中から犬の鼻を鳴らす声がきこえた。入り口から薄暗がりに目をこらすと、ボロ切れをしいた段ボール箱から犬が飛び出してくる。汚い白黒のぶち犬、成犬としては小さすぎ仔犬としては大きい頃あい。

最初の一動作で、前肢の不自由なのが見て取れた。右前肢に副え木が施してある。誰かの庇護下にあるのが明らかなこの犬が私を見て飛び出したのは忘恩からでなく、餓えからだ。そう察した私はすぐさま靴隠しを放棄する。走って家に戻ると冷蔵庫にソーセージを発見、食パンと、瓶からコップに移した牛乳をたずさえ秘密基地に取って返した。犬はがつがつとまたたく間に餌を平らげた。あとで母に「晩御飯にと思って高いの奮発して買うたのに、犬にやるとは何ごとや、あんたは何も食べんでええ！」どなりつけられ、その日晩御飯ぬきになったのはいうまでもない。だがむろん性懲りもなく翌朝も、食パンと牛乳をくすね私はプレハブ小屋へと向かうのだった。犬が食べるのをじっと見ていると背後に人の気配がある。

「……餌、やっといてくれたんや」

プレハブの入り口から差し込む逆光が、毅の小さな顔を浮き上がらせている。凜々しい顔立ちがまぶしくほどけ、私にむかってひらく。こんな近くで彼を見るのも、笑ったのを見るのも初めてだった。「よかった……昨夜、ちょっと来られへんかったから……」口ごもるように言いながら二重の、大きな優しい目がしきりにまばたきをくり返した。距離の違いが世界を一変させる。

口をきいたこともない上級生なのに、彼の親しげな笑顔につられて思わず私は訊いている、

「私のこと、知ってるん?」

「うん、知ってる」

みんなみたいに、駅前の時計屋の子、とは言わない。

毅が犬の頭を撫でると、息せききって犬が少年の掌を舐める。

「二週間前くらいに車に轢かれてん、目の前で……おばあちゃんが接骨の先生とこ手伝いに行ってたことあるから副え木してもろた」

「それでここで飼うてたん、気ィつけへんかった、すぐ近くで遊んでんのに。それで、昨夜はどないしたん?」

私が訊くと、

「昨夜はな」

彼はちょっと言いよどみ、犬の背中をざっと撫でてやりながら、

「お父ちゃん、病院連れて行ってってん」

「病院？」

「……お酒呑むと分からんようになるさかい……熱いのも痛いのも分からへんねん」

タバコを持ったまま眠りこみ、掌に火傷を負ったという。火事にならなかったのがまだしもだった。昨夜は折悪しく祖母が不在だったらしい。毅の手が犬の背中を行き来している。肘の内側に痣があった。さほど大きくも濃くもない、煮汁をこぼしたような痣。ゆっくりと毅の手がぶち犬の背中を行き来し、痣が行き来するのを私は見ている。なぜ自分がその痣に注目したかを漠然と考えていたような気がする。それは同じ場所に自分にも痣があるからだった。

「付き添ってて、犬見に行く時間なかってん。お腹空いてるやろなあ思って心配やって……でもよかった」

そう言って毅はふたたび私に目を向ける。遠くを見るような目だった。こんなに近くにいるのに。遠くから私を見るとき直視するのに、近くに来るとき遠い目になるのは何故だろう。母から用事を言いつけられてたため、なごりおしく私はその隠れ家を後にした。用事から戻ったとき彼の姿はない。

同じ日の夕方。祖母の家に行く途中、風呂屋の前を通りかかると上から、

「お嬢ちゃん」

呼びかける声がある。水色の地に赤で〈ゆ〉と染め抜いた暖簾が暮れ方の風にまくれあがる、真上の窓の桟に片肘掛けた格好で男が笑っている。カメすくいの屋台の男だった。日焼けした太い腕に目に痛いような真っ白な半袖シャツ、包帯でぐるぐる巻きにした左手を首から三角巾で吊している。右手の泡立つコップを、乾杯するみたいに挙げてみせた。ビールを飲みながら通りを眺めていたのだろう。

「お嬢ちゃん、上がっといでよ、ジュースあるよ」

屈託ない男の笑顔、穀と同じ二重の、大きな優しい目。偶然目の前の道を通りかかった私にむけた軽口を、横合いから制止しようと男の肘を摑む女の手がちらりと視界に入る。カーテンの陰になり顔は見えない、だがしぐさや着ていた服から私はぼんやりそれが誰かを知る。風呂屋の暖簾をくぐって出てきた鼻唄まじりのおじさんを危うく避け、走り出しながら私はとっさに窓辺の男の肘ちかくに痣を捜している。

ほのぐらい台所で蚊取り線香に火をつけた。どこかの部屋で痰を切る喉音がする。深緑の渦巻の、取り返しのつかない深みに火が及ぶまで何本もマッチを擦る。私はマッチの火を見つめる。火は引く。遠い昔の記憶を引く。そのとき私は目の奥に、燃えさかる火とおびただしい火の粉をまき散らしながら崩れ落ちる何本もの柱の影を見ていた、なぜ家が燃えていたのか、いつのことか、時刻も真偽も知らない。いつかそのことを祖母に話してみたが「うち火事になったことなんかあれへんで、最近近所に大きな火事もあらへんしなあ」という。それならたとえば、かえことされる前の家だったら？　まだ世界が涙のしずくの形をしていて、時間が泥を打った麵みたいなころに私はかえことされたのかもしれない。火を見るたび、火によって清められた時間、火によって更新された時間が私を呼ぶから。根こそぎ世界をまっさらにした何かがあった。あの火の持ち主は誰だろう？　誰が切り裂いた火だろう、かえこと前の母、私、近所の悪童、火に焦がれて死ぬまで待てない誰か、火が消えた。燃えかすのマッチ棒を持ち、私は祖母のアパートの台所に立っている。マッチ箱に手を入れて新しい一本を取り、しゅっ、ともう一度擦る。私は空いてる方の手を上げ、火をみつめながら、炎の熱のとどく境界の一線を指さきで薄闇になぞりだしてみる。恒星の引力の影響をうける運命的一線。惑星の崩壊するぎりぎりの生存の破線上を、漂うのだ、虚空に切り裂かれたマッチひと擦り分の光と熱のぎりぎり限界を人はさまよう、それが一生ということだ。土壇場の穴の縁、軌道を微調整しつつ厚い硫酸雲に覆われた星の周りを、このたび宇宙に貰った形に見放されるまでうろつくのだ。気がつくとマッチ箱にはすでにマッチ棒の手触りがない。私は窓際に火の着床した蚊取り線香を置く。しめやかな匂いをたどり寝間に横たわる祖母のそばに戻った。残り少なくなった筋肉痛用クリームの大型チューブを再び手に取る。私は誰よりも多く、誰もが諦めたチューブに残されたクリームを絞り出すことができる。チューブを下からじりじり折り畳み絞り上げながら、あのとき二階から屈託なく声を掛けた、三角巾で首から左手を吊った男の笑顔と白いシャツのまぶしさを思い起こした。あの前後に何度か続けて見かけたあと、ふっつりいなくなった。前肢に副え木をした犬もいつの間にか消えている。小屋の持ち主がときおり見回りに来て不審物を撤去するらしいと聞いた。私はまた毅と会って話したい、あの美しい目に見つめられたときの気分をもう一度あじわいたいと思うが、淀川組に加わる勇気はない。今日祖母との帰り道、毅をパーマ屋で見かけたのもよほど久しぶりのことだったのだ。あれからなんとなく物足りない気持ちを抱えながら近所の女の子グループと、来る日も来る日も靴隠しとゴム跳びにいそしむ日々がつづいている。何であれ、空き地や狭い露地にもぐりこんでする遊びはいつも私を夢中にさせた。だがひとたび夕焼けの物悲しさに包まれてみると、やはり今日も、本当にしたかったことをしそこねた一日だったことに気づくのだ。

　あらたに絞り出した軟膏を、まだ塗ってなかった祖母の足の裏、肘から手首に塗っていねいに伸ばす。祖母は大あくびし、ゆかたの紐を結びなおしながらなああっちゃんよ、寝言にな、返事したらあかんで知っとるかと訊く。これは本格的に眠くなったときの合図なのだ。祖母に言わせると「寝言」は「猫言(ねこと)」が変化したもので、寝言を言っている人は夢の急坂で、坂下の夢猫と話してるさいちゅうだから「横合いから口出したら、ころげて落ちて魂消るでえ」というわけだ。祖父の死因は彼女がうっかり寝言に返事したせいで、その申し訳なさから常に夫の供養をかかさないと祖母はいう。だがいったいぜんたい与太話と寝言のちがいは何だろう？ぼんやり自分の肘の内側の痣を見ていた。母の恋人のテキ屋の方も短い結婚生活の間に毅をもうけたが今は独身という。「おばあちゃん」しっとり肌になじむ祖母のゆかたの上から、ふく

らはぎから尻にかけての隠れた七つの星のならびを、ゆっくり指さきでなぞりながら私は訊いた、

「毅くんはお母さんの子供なん？」

祖母は寝返りをうち、大あくびをしながら、

「子供はみんなお母さんの子ォやがな。どのお母さんや。お父さんの前の奥さんか、あのテキ屋さんの泣かせたぎょうさんの女か、三矢のスナックで酒食ろうとる時計屋の女房か」

「一番後の人や」

祖母は目尻の涙をぬぐいながら、「どうやろ、違うんちゃうか」

「何で」

「何となく……離婚して子供引き取ったものの、旅回りの仕事やよってお婆さんに預けたらしいで、あの男。……せやけど、まあ分からんな、あのおなごのこっちゃ、何があったや知れん……」

按摩のおしまいに祖母の手を取り、指の関節をゆっくり回しながら、

「そしたら毅くんのお父さんは、年に一回だけ帰ってくるんやな」

誰に訊くともなく私はつぶやく。左手の火傷はよくなったのだろうか、

「そうや、ちょうど旧の七夕のころ、ふらりと戻ってその時期だけあの風呂屋の二階の、母親と息子の部屋でしばらくぶらぶらしてるらしいで。せやし、今年ももうすぐ帰ってくる頃や」

そう、もうすぐ七夕がやってくる。祖母の枯れ木のような指を一本一本回して、引く。薬指の関節がぼきっ、音をたてる。笑顔、右手に泡立つコップ、カーテンの陰から男の肘を摑む女の手、七夕のころだけ、母とあの男の逢瀬なのだ。去年みたいに、二人はあの部屋で逢うのだ。祖母はすでに鼾をたてはじめている。私は豆電球だけにしてからトイレをすませ、明りを消す。祖母の隣の布団にもぐりこむ。かすかな香華のほのめき。足もとの仏壇のあたりにひときわ闇が濃い。ほとけさんの闇。会ったこともない、目鼻立ちの不明なおびただしい魂がひたりと頬よせてくる。とけくずれるように行方しれずになる先祖たち。行き会う誰も彼も無縁の、半なま霊が押し合いへし合いしてるここ、誰でも溺れていい川のようなここ。

私は闇の中で寝返りをうつ。古い枕カバーに鼻を押しつけ、一年に一度逢うとはどういうことかと考えた。

そのとき頭にへちま棚がうかんだのは前日、祖母のアパートの前で目撃したものが印象に残ってたせいだ。同じアパートに住む自称整体師のお爺さんは子供ずきで「頭の良うなるマッサージしたるわ、すうっとしてな、ものすご気持ちええねんで」としばしば部屋に子供を連れこむ。私も一度だけ行ってそのマッサージなるものを受け、左の耳の穴を舐められたことがある。そのお爺さんが丈夫な籠でコオロギを飼っており、ときおりアパートに隣接する駐車場の空きスペースにそれを持ち出し眺めていた。駐車場は祖母の部屋に面し、境にへちま棚を控える。その年は生り年で、大ぶりのへちまが数えきれないほどぶら下がった。闊い葉かげにむっちりした深緑の胎児が見え隠れするような、暑熱のさなかもへちま棚のその下だけすずしい陰だ。

コオロギが二匹籠の外に出されている。コンクリートの上でそれらが死闘を演じてるさいちゅうだった。お爺さんはバスタオルのようなものを敷いた上に正座し、コオロギの動きをぼんやり見ている。虫どうしの食いあいは、獣どうしのような派手さはないかわり直截簡明な迫真力がある。どこまでも静かで執拗な食いあい。とどめを刺さず、あるいは何がとどめだったかも判然としないままくり返し死体を殺すような嚙みあいが蜿々とつづく。一年に一度、しがみつく。男と女が食いあってもつれあう、緩慢な殺しあい。へちまの緑に染めぬかれたコオロギの頭が音もなくもげる。一年に一度ずつ、少しずつのゆるやかさ、だがずたずたに殺す。そんな殺しあい。ふいに駐車場に面した台所の窓が開き、祖母が顔を覗かせる。園芸用鋏を持った手を差し出し、豊満なへちまの実の底部を片手で支えながらぱちりと茎を截る。手早く切り口にビニール袋をくくりつける。すぐさましたたりがはじまり、それは点滴瓶の下でいのちを腐らせる数年後の祖母の肉体の枕辺を思わせ、祖母は駐車場の痴態に目をやり、

「ああ怖わ、変態爺がまたあんなんわざわざ外に見せびらかしてからに」

ぴしゃりと窓を閉める。かたりとガラスが落ち、上部に暗い間隙がひらく。

祖母のござを離れた私は、いちじるしく星に剔られた自分の影を眺める。

河川敷いっぱい、闇鍋みたいな、家財道具の森。茶の間という廃墟に座りこむ遠い目の人び

と。家族団欒のまぼろしにふりそそぐ七夕の星あかり。

桃と線香の包みを持ち替えた瞬間、桃の夢を吸いあげたように突然私の瞼に暗い階段が浮かんだ。ぽたぽた顎にたれる桃の汁、鮮烈な香りと甘さ。それは一瞬で消え、ふりむいた南の空に赤い星の光がある。むかし酒屋の裏で王冠拾いに熱中したこと、お気に入りだった赤い王冠を私は思い出す。

酒屋は公設市場裏の公園に隣接している。酒屋の裏手にはいつも酒瓶の詰まったケースが積まれ、一升瓶の王冠が散乱している。簡潔な意匠を象る一升瓶の王冠は、豪勢な美といさぎよさによってすべて子供の宝物である。酒屋の主人は地方の酒蔵めぐりが趣味で、関西ではあまり知られない地方銘酒を数多く仕入れ、その品揃えの良さで呑兵衛に名高いらしい。そんなわけで酒倉庫のある裏手に入り込んでの王冠拾いも拾い甲斐があるというもの、私はおもに、関西でポピュラーな灘や西宮の酒以外の王冠を血眼で探していた。

やっと探していた王冠を発見した。赤地に金字の色の取り合わせが好きで、ずっとお気に入りだったのにいつのまにか私の大事なもの入れから姿を消していたのだ。うれしさと満足で息をはずませながら、私は王冠を裏庭の小さな空にかざす。それは夏の南の空に赤く燃える星、乱暴者のオリオンから永遠に忌避されるあの星座で脈うつ星のように、赤ぐろく胸にうずくまる殺意と嫉妬を想起させた。

次のござには、猫を抱いた女性が座っている。

頬骨の高い意志的な顔立ち、スナック〈カトレア〉のママだ。

他のござといちじるしく対照をなすそこには大理石でできた猫足のテーブル、同じデザインの椅子が据えられ、マイセンのティーカップで彼女は優雅にお茶を飲んでいる。スナックに通ってくる崇拝者にでも運ばせたのか、並大抵の事ではなかっただろう。

猫は日本の夏に不向きなふっさりゆたかな毛並み、ぺしゃんこの鼻に尊大な目つきのペルシャで、ママの膝を前肢で交互に踏み踏みして上等なスラックスの布地を傷めている。そんな動作を蕩(とろ)けるような目つきで眺め、ルビーの指輪をきらめかせながらママはゆったり猫の背中を撫で、

「もう、チェリーちゃんたらすぐママから逃げちゃうんだから、真琴(まこと)と同じね」

チェリーちゃんというのは膝に抱いたそのペルシャ猫、真琴というのは離婚後彼女が女手ひとつで育てたひとり息子の名前である。道を歩けば誰もがふり返る美少年だった真琴君は、夕方の番組としては関西エリアでも異例の高視聴率を稼ぐモノマネ番組でスカウトされ、上京したとたんママべったりだったはずが電話一本せず、彼女は大いに不満らしいがまあ猫ぐらいで我慢しておくことだ。

ママは日光浴と称して猫を毎日買い物に同伴、逃亡癖のあるその猫はたびたび近在で悶着をひきおこした。その日も猫を抱き電器店のショーウインドーを覗き込んでの思案中、突然一匹の犬に吠えかかられた。好機をのがさず猫は即座に飼主の手をすり抜け肩を蹴り明るい栗色の

ウイッグを吹っ飛ばし、楽々と軒の低い長屋の屋根に飛び乗ったと思うとたちまち姿を消す。半狂乱のママは「石川時計店の屋根の方に入った」と主張する証言にしたがい、迷わずうちに押し入って来た。

「今、お父さんおらへんから……せやけど猫なんか入って来てへんよ。私ずっと家におったけど……」

折悪しく所用で店を閉め、父は出掛けて私ひとりだった。

「いいから屋根裏に上って見て頂戴」

私がどう抗弁してもママはゆっくりした、低い声で同じ台詞をくり返した。あのおなごはまあ、腹ん中見せん、とことんしんねりした質(たち)や、とは祖母の言だ。亡くなって久しい祖父の早世に関する悪い噂を広めたのは彼女だと祖母はにらんでいる。ママはたとえ近所であろうが外出するさいの化粧に隙がなかった。私の前に立ちはだかったそのときも、真っ黒なアイシャドーで囲まれた目はきわめて威嚇的であり、その恐怖心が私に全速力で隣家まで走らせ、すぐさま脚立を借りに行かせたのだった。

雨漏りのとき父が天井板の一部を外し、屋根裏を点検していたのを見た覚えがある。その要領で何とか私は屋根裏にもぐりこむ。うすぐらく、埃っぽい中を膝立ちでそろそろ進んだ。それは、屋根裏は、存在を承知してはいるが有耶無耶なものの代表であろう。布団を斜めに敷かなければ家族三人が体を横たえることもできない狭い家の、その中空に未知の間取りが浮遊することの不思議。しかしながら屋根裏のない家はない、秘密のない家庭がないのと同じように。天井裏の板はごくうすく、今にもめりめりという音とともに体ごと落下するのではないかと思えたとき、前方に現れた太い梁と柱の交差する周りに、少しずつサイズが違う三つの時計が立てかけてあるのを私は見る。

まいとしの星曝しでも見おぼえのないものだった。内外のウインドーに多種多様な時計を飾りおく時計屋に、このように内緒めいた形で置かれた時計とはいったい何だろう。分厚いガラス、黄褐色に変色した三枚の文字盤の、四時と八時の内側に穿たれたねじ巻き用の穴。三つの中で一番小さいものでも店頭に飾ってあるものより大きく、ところどころ金気の部分に錆が吹き、相当な年代物らしく見える。かんかんかんかん。私の耳に踏切の警報音が届く。瞼の裏に、ゆるやかに降下する黒と黄のストライプの長い腕がうかぶ。いっさいを遮断するあの手。私は三つの時計の近くに寄り、耳をつける。内部の複雑な機構のいっさいは沈黙し、大中小、三つならんだ無音の歯ぎしりを私は聴く。

これらは昔、小学校に納めていた時計ではないだろうか、ふと思う。小学校には誰からも見える場所に架けてある時計が三つあった。職員室や校長室などのある教育棟の正面玄関。講堂の入り口正面。中庭の花壇やビニールハウス、鶏小屋の向こうにある校舎の入り口。それらの時計は前に挙げたものほど大きい。現在校舎に架かるそれらの文字盤にはすでに、穴は穿たれていない。電池で動くからだ。そのころ私が日々目にしていた時計に取り替えられる以前、祖父の代にはうちの店が何度か小学校に時計を納入したと父に聞いた。週に一度、祖父は納入した時計のねじ巻きに通った。七日巻きのゼンマイだったのだ。ゼンマイが一日しか保たなかった時代には毎日時計屋が学校に通った。時計職人は、それらすべてのねじを巻くであろう。時計の世話をやくのが彼の仕事だから。六つの穴、粛々とそこに棒を差しいれる、耳鼻科医が例の銀の棒をさしこむみたいに。一日一度、三日に一度、七日に一度。ところで彼じしんの時間は？

そのとき踏切の警報音がゆるやかに息絶えた。遮断機が上がり、いっせいに自動車の、ライトバンの、スクーターのスタートするエンジン音がひびき、三つの時計を眺める私の胸にひとつの想念が打ち寄せる。私たちの一生にはいくつかの顕著な時刻が点綴されていて、それらは魂の白熱が私たちを奪い尽す、あの類い稀な瞬間瞬間で成る。そのさい見棄てられるのはショーウインドーの中に飾られた時計の刻む時間であり、代わって鼓動を打ちはじめるのがこれら屋根裏の三つの時計なのではないだろうか。さしずめこれらの管轄は交感神経に対する副交感神経のごときもので、これらの携わる領域だけが生きるに値する真実の時間なのかもしれず、残りの人生を私たちは死体としてすごすのだ。私の膝下で薄い板がきしりねをたてる。屋根裏の床板は、棺桶のふた。私の真下には生きてるか死んでるか証拠のない三つの体が転がる。そこは長く耐えがたい子供時代を、おとなしく我慢する場所だ。倦みはててそこを離れる日に、その人はまだ知らない、遠く離れるほど、そこは大きな声で人を呼ぶのだ。

私はあの小狡そうな目をした小動物を捜しもとめてさらに探索をつづけ、もうひとつのものを発見した。

それは厚い埃をかぶった段ボール箱だ。

蓋を開けると、待ちかねたように淡いピンクやブルー、グリーンなどのパステルカラーが薄闇にあふれ出た。愛らしいキャラクター入りのメモ帳や消しゴムやノック式ボールペン、ハートのペンダントや星砂のイヤリング、小ぶりのぬいぐるみなどがぎっしり詰まっている。

一見してすべて新品と分かる。手垢の気配も体温の通過の形跡もない。値段やメーカー名を小さく印字した商品タグが、その季節でないのに孵化してしまった蝶のようにハタハタ羽ばたいている。私はクマのぬいぐるみを手に取った。両掌にすっぽりおさまる大きさだ。クマはあいさつがわりに口の端をかすかに持ち上げてみせた。覗きこむとクマの眼はみずからに内在する風景を、不明瞭な映像として映しはじめた。大きな建物が見えた。最上部に〈パステルタウン〉と書かれた瀟洒（しょうしゃ）な看板がある。自動ドアが開き、ランドセルを背負った女の子が大型ショッピングセンターの玄関を入ってゆく。名前通り壁面や天井や床のいたるところ、楽しげに踊りはねるパステルカラーの動物や鳥や果実が描かれている。その淡い中間色の氾濫の中で、女の子の服や靴やランドセルの褪せてすりきれた有り様や、年よりはるかに大人びた顔立ちの可憐さが際立って見えたかもしれない。女の子はファンシーグッズを集めた雑貨コーナーへ行き、そこに並べられたやわらかい色あいの品々、マグカップや小銭入れ、ミニポーチやキーホルダー、レターセットやガーゼタオルをひとつひとつ手に取り、目を閉じてその歌声を聴いた。中間色は私を殴らない。玄関を出ようとするさい、警備員がよびとめる。やさしくなだめるような声で、だめだよ、お金はらってないでしょう？　女の子ははっと、左右の手を交差させ胸に押し当てる、混乱したり驚いたりしたときの母のしぐさだ。生地の傷んだポケットやスカートのウエスト部分、腋の下、ありとあらゆる秘匿場所でパステルカラーがしずかにハミングしている。連絡が来るといつも施設長が出向いた。代わりに私が行きましょうと他の職員が言っても自分が行くと言い張った。ショッピングセンターから施設までの間に曲がりくねった狭い露地がある。そのショッピングセンターに土地を売却した地主が、残った自己所有の地所との間に抜け道をもうけたものだが、かなりの回り道になるうえ未舗装で石ころだらけのその迂回路を使う人はほとんどいない。女の子を引き取りに行った帰りだけ施設長はそこを通る。理由を訊かれて、自分が悪いことをしたのだと女の子によくよく言って聞かせるのにちょうどいい長さだからと答えたが、それにしても少々時間がかかりすぎると感じた職員がいたかもしれない。施設に戻ってくると女の子は誰とも口をきかなかった。自分を虫けらのように思っただろうか。一度実母に引き取られたが、まもなく飲酒にまつわるトラブルから母親が逮捕され、再び施設に保護された。クマの両目の彼方を流れる風景を眺めながら、母がいつも私に向ける視線を思った。自分が脱ぎすてた靴を見るような目。私たちの誰より、〈家族〉という化物に思うさま縛られているのは母ではないのか。恐怖か、断念か、あらかじめ自分を守るため世界に向ける無関心の視線。にっ、とクマの両目が和やかなかたちに細まり、映像が消えると同時にぬいぐるみは消え、段ボール箱も消えた。私は埃まみれの屋根裏に座りこんでいる。盗んだものは罰のようにその手を離れない、父から母が離れないように。あのショッピングセンターからくり返し持ち帰ったものを棄てる場所はなく、何度引っ越しても持ち歩いてしまうのだ。世界は寝返りとともに醒めると分かっている明晰すぎる夢とどう違うのだろう？

猫はいなかったと伝えるため私が下に降りたとき、カトレアママの姿はすでにない。三軒先の台所で暴れているから早く引き取ってくれと、家の人が呼びに来たらしい。

彼女が絡むエピソードをもうひとつ覚えている。

私たちの遊び場所だった裏手の空き地、そこにしばらくの間卓球台が置かれていた。風呂屋で不要になったものを誰かが貰い受けたらしい、地面に直置きされ塗りがはげてきてはいるものの毎日誰かが雑巾がけし、ラケットとピンポン球を持ち寄って周辺住民の遊興の場となっていた。

その日いつものようにランドセルを家に投げ出し空き地にやってきた私が目にしたものは、自分の母親とカトレアママとが卓球台で打ち合う姿である。

それは見る者に尋常でないものを感じさせた。スカートの裾を片手で引き絞り、両者とも果敢に球を捉え、長いラリーが続いている。私より先に居合わせた子供たちは息を呑んで見守っている。ひと晩続いた雨が上がったばかりで地面はぬかるみ、サンダル履きで卓球をするのに適したコンディションではなかった。焼板塀にそって立つ物干し台に洗濯物を取り入れに来た主婦が、顔をしかめ早々に立ち去る。卓球台を間に対峙する女たち、白粉すらつけていない彼女たちの汗に濡れる顔は美しかった。母は形のよい瓜実顔で抜けるような白い肌、カトレアママの骨太の顔立ちは何となくすっぴんのおかまといった趣。一方がスマッシュを決めればもう一方がきっと同じことをやりかえした。私たちはゴム跳び遊びが出来る程度に水が引くまで、水たまりであめんぼうの闊達な動きにみとれたり葉っぱの舟を作ったりして遊ぶ。双方の吐き吸いするふうっ、はあっ、とけだものじみた息づかいが私たちの耳に届き、とっくに勝敗は蒸発した模様だ。例のテキ屋の男の件か、スナックに来る他の男をめぐるもめごとか。頰を上気させ、大きく見開かれた目は、あの不吉な星座の一部をなす赤い王冠のごとく燦めく。今この瞬間、あの屋根裏の母の時計は、柱から身をおどらすように喜悦のきしりねをたててるのだろうか。

ほぼ同時に、両者のサンダルが泥に取られ派手に脱げた。拾ったママが「ちッ」舌打ちとともに水たまりに投げ捨てたのはストラップが切れたからにちがいなく、母もバランスを失い目の前の水たまりへ勢いよく足を突っ込み、二歩三歩、顔を上げたらもう外れていた。その数日前、珍しく母が煮物を作った。つまずいて鍋ごと床の上にぶちまけた。無造作に切った梅焼きや大根ややもやしを煮しめたへんてこな煮物だった。湯気を上げる褐色の煮汁、うわの空の母の顔を見ると、鍋を返したのは途中で完全に興味を失った料理のお粗末を取り繕う便法とも思えた。ときどき、なんの前ぶれもなく、脱臼するように母は何かから外れた。サンダルを失うアクシデントで闘志がいや増したように見えるカトレアママと、私たちがぽかんと見送る中を母は背中をむけ、ふわりと無言で空き地を出て行った。憤怒も自嘲も弁解もない、そらおそろしい背中だった。

最初は休日の前夜だけだった母のスナック勤めだが、いつしか週三日になり四日になっている。なし崩し的に帰宅時間も遅くなる。家族が夕食を一緒に摂ることはめったにない。家を空けるとき、母は形ばかりの夕食を作り置く。料理に情熱を傾けるタイプではない。父と私の夕食の献立はほぼ毎日簡単な炒め物、つまり肉野菜炒めかソーセージと野菜を炒め合わせたものが交互に続き、時おりお好み焼きが混じるというものになる。夜、それを二人で差し向かいに食べるときの父の諦め顔。つねに母から一方的に吹っかけられる口喧嘩。朝帰りした母を父がたしなめるのを見た覚えもない。こんなはずではなかった。うめく時計の無音。この人は、父は、星の崩れたあの夜からすべて見て見ぬふりで生きることに決めた。彼の時間もまた、屋根裏に投げすてられたままだ。

カトレアママのござを辞した私は、前方にひろがる、まだ訪問しなくてはならない沈鬱な森、今夜が永遠でなければとうてい往けないござの数を数える。

それらすべての果てに水がある。刻々と更新される水、どこを掬おうが同じ一滴はない。だがひとすくいを構成する個々の滴は場所ふさぎという一点で同質だ。かけがえのないひとすくいなどどこにもない。せせら笑うようである。流れるということは。

府道からの広闊な斜面のあとしばらく平坦だった河原が、ここでふたたび淀川にむかい深く傾斜する。同時に草地のしめりが顕著になり、ずっしり濡(そぼ)った雑草の茎が私の踝を妨げる。躙(にじ)るように私は傾斜を下りる。七夕の晩はいつもそうだが、天から崩れた星雲が川岸すれすれまでたれこめて微小な星の小糠雨を降らし、星まじりの水が草生を犯している。澎湃(ほうはい)たる気配をせきとめるこの一夜の低湿原は、生駒(いこま)の西がすべて海だったころを悠揚と思い起こす。

次のござの上では、ちゃぶ台に差し向かいに座ったお婆さんとお嫁さんらしい二人が口論している。

お嫁さんが、

「お母さん、大根もかぼちゃも里芋も、みんなお店に返してしもて、困りますがな。夕方支度しよ思たら台所に何にもあらへん。何ですのん、何も変なもんやあらしまへんがな」

「そんなことあらへん、あんな気色悪いもん煮炊きしたり食べたり、そんなんできるわけあらへんやろ、食べられるんやったらあんたは鬼や」

お婆さんが言い返す。上品な感じの、くすんだ藤色のワンピースが白髪によく似あっている。

夏休み初日、張り切って祖母の家に泊まりに行ったあの夜、按摩にあまり気合いを入れすぎたため翌日私の指や掌はひどく痛み、宿題の日記を一日休む口実となった。一週間ばかり遠慮してたが、そろそろまた祖母と祖母の法螺話が恋しくなり、今晩あたり泊まりに行こうと私は浄願念寺わきの坂道を下りている。いつものように本堂から門徒と僧侶の相和する礼拝のひびき、なんまいだ、蟬といっしょにうたいながら私は風呂屋の前にさしかかる。カメすくいに興じたあの日から一年たち、もうすぐ七夕、また星曝しの夜がやってくる。

私の前をお婆さんが歩いている。日盛りを日傘ももたず、深緑色の風呂敷包みを胸に抱えている。藤色のワンピースの後ろ姿が炎熱の路上にゆらぎ、足どりがふらふら道路脇へとそれてゆくのを見た。ふいに風呂屋の方へ、二階の住居へ上がる階段の上がり口へとへたりこむ。

驚いて私が駆け寄って見ると、お婆さんはコンクリートの階段の一段目に座りこみ、風呂敷を隅に投げ出している。階段は建物内部にあり、窓もなくうす暗い。

お婆さんに声を掛けようとすると、

「どないしたん？」

頭上から声が降り私を驚かせる。薄闇に毅の端整な顔がうかぶ。暗い階段の途中に彼がひとりで腰かけていることを不審にも思わず、たちまち胸が弾んだ。

「このお婆ちゃん、道歩いてて暑うて具合悪くならはったんやと思うわ」

するとお婆さんは顔を上げ、存外しっかりした声で、

「いや、いや、大したことあらへんねん。ちょっと休んだら……」

顔を見ると近所でときどき見かけるお婆さんだ。節くれだった手を顔の前で振り、

「今な、誓鏡寺さん行く途中やったんや、末の娘から桃送ってきたんやけど、食べよ思って蓋開けてみたらあんた」

ハンカチで首筋を拭ってから眼のふちに軽く当て、

「桃がみんな赤ん坊の形しとるんや。桃が、桃が八個とも真っ赤な顔した赤ん坊なんや」

八十歳をいくつか越した姑が、最近はちょっと目を離すと用もないのに近所の家の呼び鈴を鳴らして回る、また野菜や果物がすべて赤ん坊の形に見えるらしく片っ端から返しに行ってしまう、致し方なく全部目に触れない所に隠さねばならないが「うちの嫁は赤んぼ汁作って私に食わすんや」と近所に言いふらす、などとお嫁さんが公設市場で長い立ち話をしているのを聞いたことがある。私と穀はお婆さんの話を聴きながら黙っている。蟬の声が耳を絞りあげる。背後をベルを鳴らし自転車が通り過ぎる。

「昨夜ひとばん、桃が夜泣きしてから寝られへんかったがな。そんで今朝電話でな、誓鏡寺さんの和尚さんに相談したら『よろし、供養してさしあげましょ』言うてくれたから、やれうれしやと今お納めに行くとこや」

これだけ喋れたらとりあえず安心な気もするが、私は、

「あの……」

階段の上の穀を仰ぎ見て、

「ちょっと部屋行って水持って来たげてくれへん？　手ぬぐいと、もし氷あったらもっとええ

んやけど」

毅の整った顔だちがうすら闇の中で複雑な表情を浮かべ、

「今、部屋入られへんねんやんか」

「なんで」

「……お客さん来てる」

私は黙る。客が誰か分かったからだ。そのとき階段の上と下で交わされた視線。ほのぐらい了解。一階でもない、二階でもない階段の途中で彼がひとり見つめていたこの一時間の闇を私も見つめる。

そうこうする間に老婆はもう腰を上げていた。止める間もなく日盛りの往来にすたすた出て行く。そのままもと来た方向へと尋常に歩いてゆくようだ。老女の姿が角を曲がったのを見届けてふり向いたとき、足もとに深緑色の風呂敷包みを見た。

「あっ、忘れて行かはったで」

素っ頓狂な声を出し私がそれを指さしたとたん、ふいに悪戯っぽい表情になった毅が、

「ええやん、どうせ坊主に食わすんやったら。誓鏡寺の坊主は葬式饅頭の食い過ぎで糖尿や」

すたすた階段を降りてくる。素早く風呂敷をつかむと私の手を取り階段を駆け上がる。それは私に逃げるきっかけを失わせる咄嗟の機転だったかもしれない、路上から直接見えない暗がりまで一気に駆け上がる。それから砂でざらざらした、固いコンクリートの階段に座りこんだ

彼の気負いたった動きにつられ、私も狭くるしいこの止まり木に腰を落とす。

手暗がりの中で彼は手早く〈お供え〉ののしと包装紙を、破らずに上手に剝いて階段の脇に置き、それが守口のK百貨店のものであるのを私は認めた。

化粧箱を開けると、

「うわっ、ごっつい旨そうな桃やん、こんな上等なん見たことないわ。早よ、早よ食べてまお、腹ん中入ってもうたらこっちのもんや」

緩衝材を詰めた化粧箱に美しくならぶ八個入りの桃。夏の廃れのずしりと甘い香り。狭い階段じゅう、身動きできないほどの甘い香りが、馥郁と私たちを金縛りにする。私は翳と同時に手を伸ばし、大ぶりの桃を手に取る。薄紅を刷くみずみずした肌は、たしかに新生児のそれを連想させる。皮も剝かずかぶりつく。桃の漿と果肉が口の中にあふれた瞬間、何もかも忘れた。存在のすべてが舌と鼻になり、いつ食べ終えたのかも分からぬうち二つめ、三つめ、四つめに手が伸びている。翳の唇がいつのまにか私の唇と重ねられているのに気づかなかったのはそのせいだ。私たちは口いっぱい同じ味の血と肉を交換した。私たちは舌と鼻をたよりに遠くへ、桃の薄闇の行けるだけ遠くへ行こうともがいた。時おり階段のずっと下の路上を、ゆっくり横切ってゆく下駄ばきの毛脛がちらりと見えた。洗面器に入った箱の中で鳴る石鹼の音。風呂屋の開く時間なのだ。アスファルトを叩く、一番風呂に集まる老人たちの杖の音。蜜まみれの接吻が、私たちの顎を濡らし、膝をべとつかせ、天と地の間に宙吊られたナラクにしたたる。自分の身に驚くべきことが起こっていたが、楽しいのか悲しいのか分からなかった。それは予感だった。殺の享けたものと、私の享けたものがいっしょになろうと調べを合わせるかのような、同じ血の流れのさざなみ。

翌日から二日つづけて私は家で寝込んだ。久々の蓄膿の悪化で高熱を発したためである。プールから上がったあとのような、身体に鉛が詰まってるみたいなけだるさ。耳鼻科の医者の手に光る銀色の棒が再び顔の正面から、

「ずっと来てへんかったやろ、一年以上……途中で薬、止めてまうとやな、よけい治りにくくなるんやで……少しずつ鼻の奥に溜まった膿を、その、流して出してまうわけや、ええか、もっと辛抱強く……」

大きなマスクを掛けてるため不明瞭な、医師の繰り言めいた戒めの言葉とともにそれはまっすぐさしこまれ、ねじの巻かれる音はくぐもって聞こえない。またしても毎食ごとの大量の薬と一日四回の点鼻薬を与えられる。とりわけ点鼻薬が苦手だった。うす青い容器のキャップを取って先端を鼻孔内に挿入し、容器の胴を勢いよく押す。いそいで上を向き思いきり鼻から息を吸うと鼻腔の奥から喉のあたりへ、たらたら薬剤が流れ落ちる。味覚でも嗅覚でもない感覚の始原の空き地に、かすかな苦さとしめった落ち葉の匂いが梅雨前線のように滞る。こうやって悪化すると医者に行くが、しばらくして症状が落ち着くと通院を止めてしまいまた悪化するという慢性疾患の典型的サイクルをくり返している。

熱のためうとうとしていた。布団の中でぼんやり目を開けると、カレンダーが目に入る。八月七日。またその日が来たのだ、私はぼんやり考える。まもなく父が家の中のものを、所帯に埋め込まれた道具類のありったけを荷造りするだろう。

誰かが電話している。

「……一緒に行きたいんや」

母の声、ささやくような。父はいないらしい。

「……もういやや、いややねん、こんな狭い町でいつまでも……」

有名神社、仏閣の祭礼、縁日、タカマチを追って全国を繞る。その日その日をかつかつ暮らす稼業の男と、人生の残りの輪を回そうというのか。施設と養家の間を行ったり来たりの、少女時代に逆もどり、

「……え？　明日の朝早く？　毅ちゃんは今日はお婆ちゃんと泊まりがけで京都やろ？　……あんた、もう呑んでんの？」

顔の裏側の痛みが、きりもみ状に風景を呼び出すのだった、たぶん小学校に上がってすぐのころだ。藪から棒に母が私を鏡の前に座らせた。私は当惑している。母は自分の赤いスカーフを器用に折り、私の頭にカチューシャ風に巻く。鏡の中で私と顔をならべる。まったく似たところのない母娘だった。母は町で人のふり向くような美人、私はお世辞にも容貌を誉められたためしがない。それから母はいろいろなリボンやスカーフを私の髪に巻いたり外したりしはじ

めた。太いのや細いの、水玉模様やレースの縁かがり付きの、ストライプや花柄、ベルベット素材のもの、奇術のように取り出したそれらを使い母は私の髪をさまざまな形に結わえる。そのたび鏡の中の私を検分するのだった。自分の顔とならべて。少しずつ結ぶ位置や角度を変え、Uピンやアメリカピンを留めたり外したり。アップにしたりシニヨンにしたり、耳を出したり隠したり、不思議な情熱で思いつくかぎりの髪型を作ってはこわしていた母は、やがてその始め方と同様唐突に私の髪からすっ、とリボンを外す。卓上に置いた鏡を持ち去る。横顔を見るともう外れていた。母はこの世と、とても外れやすい関節ひとつでつながっている。自分の娘が美しくないことに落胆したのだろう。

「分かった、始発が五時過ぎやし、朝五時ごろそっち行くわ。今晩は、ええ加減にしとくんやで。あんた酔っ払ったらてこでも起きへんから」

　電話の声が続いている。母の声を聞きながら再びとろとろと睡りに沈み込む。次に私を目ざめさせたのは、星曝しの荷物を搬出しおえた父が玄関を閉める音だった。私一人、布団を敷いて寝ている。部屋の中には茶箪笥も卓も学習机もなく、店舗との仕切りの暖簾もなく、がらんとした空間が目の前にある。

　天井に上がって見るまでもない。私は夕泥(ゆうなず)む屋根裏に置かれた三つの時計を見る。真ん中の時計、母の時計だけ文字盤に針がない。もう外れていた、それぞれ別々の鳥からもがれた脚みたいな長針と短針が下に落ちている。それとも最初からなかったのに気づかなかっただけかもしれない。私は寝返りをうつ。鼻の奥の憂鬱な痛み、それは氷の食べ始めに襲われる、あのきいんと顳顬(こめかみ)をつらぬく戦慄に似ている。かんかんかん。踏切の警報音。かき氷はいつもイチゴだ、母はレモン、父は宇治金時。鼻の奥に煮える熱い膿。洗面器の中で世界を手放したカメの腹。あの男さえいなければ。がらんとした誰もいない家の壁が、天井が朦朧とゆがむ。ふいにしっとりした手ぬぐいが鼻にあてがわれ、チーン、と言う遠い冬の朝の声。父の背中で見た、耳鼻科医院までの道のり。風呂屋の二階の窓に片肘掛けた、屈託ない笑顔、傍らで身を退(ひ)く繊い影、あの男さえいなければ。七夕の夜っぴてござを横ぎるカメ。甲羅の星屑を払って茶の間に向きを変える父の手。

すべてここにあるのにはるかだ。

桃と線香の包みを持ち替え、嫁と姑のござを離れた私は、所帯道具の森を出外れた岸辺近くに立つ。

この川はメコンほど野性的でも長江ほど老獪でもなく、ガンジスほど地獄的でもない。くり返し氾濫し周囲の町を泥濘(ぬかるみ)に変えたこの川は私の幼い頃には掘られ削られ固められ、すでに天然そのままの姿ではなかった。だがこの川は年に一夜、世界の全部が水と空だけだったころの夢をみる。対岸を救急車とパトカーの二、三台、赤いライトの回転が比攞帤駄大橋むけてなめらかに移動してゆく。

他の所帯と離れ、川岸ぎりぎりにぽつんと一枚敷かれたござの前に私は立った。いたるところ焼け焦げ、穴が開いている。敷物の用をなさないように見えるそのござの上に広げられた所帯道具は大部分が炭化した状態で、唯一形をとどめた柱時計のガラスは割れ、長短針が失われている。ほぼ燃え尽きた夏用布団、その中にくるまった体格の良い男も体表の大半が焼けただれ火ぶくれたようになっている。ござの周辺にはまだぶすぶす火のいぶる音と煙、焦げ臭い匂いがたちこめている。

その朝、近所の人々が全焼した風呂屋の前に集まっていた。遠巻きにしている誰もの目がうつろなのは星曝しの翌朝だからだ。

堅牢な一階部分の建物の外枠だけが記念碑のように残り、屋根はぽっかり落ちていた。ガラスが四散した玄関部分や窓から覗きこむ必要もなく、内外が煤で洗われたようになっているのが誰の目にも見通せて火勢の凄まじさを物語る。二階の住居から崩れた瓦礫が積み重なり、照りつける太陽のため、消火の水に浸ったその遺跡は猛烈な焼け跡の匂いを立ちのぼらせている。玄関近くに脱衣用ロッカーが横倒しになって炭化しきれなかった木の番号札に陽が照りつけ、奥にはおなじみの大浴場のタイル絵、三保の松原と富士山と安芸の宮島を組みあわせた、この世に実在しない絶景が青空の下にあられもない姿を晒している。人びとはめいめいの物思いにふけりながら水を噴く水道栓、プロパンガスのボンベ、熱で砕けた植木鉢などをぼんやり眺め、燃えつきた風呂屋を遠巻きにしている。

星曝しから疲れ果てて戻り、おりしも睡りについたばかりの人々が変事に気づくには時間を要した。未明に出た火は駆けつけた消防隊員たちの懸命な消火活動にもかかわらず、勢いが衰えることなく一階銭湯部分と二階の住居部分を共に全焼させ、一方近隣への類焼はほぼ皆無だった。住居で就寝中の父子が煙に巻かれ逃げ遅れた。町全体が熟睡中とはいえ火事の通報がやっと明け方五時、亡くなった住人を訪ねてきた女性によってであったという事実は地元消防署員を驚かせた。

火災の現場検証が終了した翌日、心中遺体の四肢が入りまじるように銭湯と住居の燃え滓が混交する瓦礫のただ中で、投入されたショベルカーとブルドーザーが地面を均してゆく。その性急さは、蚊柱のようにむれ立つ亡霊たちをさもうるさそうに振りはらう手つきを思わせ、絶え間ない轟音と振動は、入れ替わり立ち替わり出没する野次馬とともに現場を遠巻きにしている私の耳と運動靴の裏に地底から谺（こだま）で響きかえす。

「放火やて」

自転車のサドルにまたがったまま立ち止まり作業を見ている酒屋のおじさんがぽつりと言う。首輪とヒモをつけた猫を抱いているおばさんが、

「そうやてな」

と答える。

天の川、淀川、黒焦げたござの前。天の河原と交野ヶ原を繋ぐ銀河の光、億劫（おくこう）の昔この光を

放った数多の星はすでに死んだ。私たちは乳色の死を浴びている。蹌踉(よろぼ)うようにひと足、踏みだした私のサンダルの踵に滴りやまぬ礫の鳴き音(ね)。

そのときボーン、ボーン、柱時計が鳴る。父親のくるまった黒焦げの布団によりかかり、胸もとに深く首を折っていた少年が顔をあげる。白いランニングは所々焼け焦げ、煤でひどく汚れているが浅黒い端整な顔はそのままだ。

あの日から歳とらぬ十二歳の少年の顔が輝く。私をみつけて輝く。会えてうれしいのだ。

私は彼の隣に腰をおろす。それは焚火の跡のような場所だ。泥酔して早々と眠り込んだ父と、友人との朝釣りの約束を思い出し帰宅した息子を薪とし、皓々と短夜(みじかよ)を照らした篝火。黙って深緑色の風呂敷包みをほどき、私は桃の箱を取り出す。

今回も毅はうまくやってのけた、手早く黄白(きしろ)の〈お供え〉のしを外し、はらりと包装紙を剝ぐ。蓋を開けると、甘くるしい香りが流れた。緩衝材を詰めた化粧箱に美しくならんだ八個入りの桃。うるんで笑(え)んでいるような夏の一顆を私たちは同時に手に取り、あのときみたいに皮も剝かずむしゃぶりつく。顎からぽたぽた真夏の漿(しる)。彼から私へ桃が流れる。あえぐようにむさぼった甘い闇。上下に細い階段状のナラク。路上の遠い地方を横切る毛脛と鼻唄。洗面器でものうく鳴る石鹼。ふるさとは、深手を負った風景の癒えるのを待つやさしい腫れもののようだ。こんな淀川みたいな、銀河の町外れみたいな河原で、星を見上げるのは宇宙の私生児たち。

ふと気づいて私は百貨店の慶弔用紙袋から線香を取りだし、星泥にうかぶ小石の間に立てた。

火を点ける。

〈あんたを殺すつもりやなかった〉

〈知ってる〉

毅はあの遠い目で私を見た。いちばん近いものを見るとき彼はそんな目をする。旅するように私を見る。

初出

「象牛」「新潮」二〇一八年十月号
「星曝し」「新潮」二〇二〇年四月号

著者紹介

石井遊佳

一九六三年大阪府枚方市生まれ。東京大学大学院人文社会系研究科博士課程満期退学。

二〇一七年「百年泥」で新潮新人賞、第一五八回芥川龍之介賞を受賞。

象牛

著者

石井遊佳

発行

2020年9月25日

発行者 佐藤隆信

発行所 株式会社新潮社

〒162-8711 東京都新宿区矢来町71

電話 編集部 03-3266-5411

読者係 03-3266-5111

https://www.shinchosha.co.jp

印刷所

大日本印刷株式会社

製本所

大口製本印刷株式会社

ISBN978-4-10-351532-6 C0093

異郷の友人　上田岳弘

ねえ、神様。世界を正しいあり方に戻すんだ——。国生みの地、淡路島の新興宗教が説く新創世神話。世界の終末のさらに先に待つ世界を問う、大注目の新鋭の集大成！

塔と重力　上田岳弘

忘れられないのね。可哀そうに。17歳の冬、僕たちが眠るホテルは倒壊した。あの地震さえなければ、初体験の相手は美希子になるはずだった。注目の新鋭の渾身作！

キュー　上田岳弘

五十年以上寝たきりの祖父は、やがて人類そのものになる——憲法九条、満州事変、そして世界最終戦争。超越系文学の旗手がその全才能を注いだ、芥川賞受賞第一作。

朝顔の日　高橋弘希

昭和16年12月。TB（テーベ）を患う妻の病状が悪化し、若い夫婦は会話を禁じられる。静かに蝕まれる命と清冽な愛。『指の骨』の新鋭デビュー第二作にして芥川賞候補作。

スイミングスクール　高橋弘希

母との間に何があったのか——。離婚した母とその娘との繊細で緊張感ある関係を丁寧に描く表題作と、芥川賞候補作「短冊流し」を併録した、新鋭の圧倒的飛翔作。

影媛　高尾長良

物部氏の巫女・影媛と、鹿狩りに熱狂する平群家の志毘。日本書紀に描かれた鮮烈な悲恋が、千三百年の時を超えて甦る。22歳の新鋭による、瞠目の芥川賞候補作。